Zu diesem Buch:

Pleite, arbeitslos und von ihrem Freund verlassen erfährt Nele Hansen, dass sie eine ungewöhnliche Erbschaft gemacht hat. Aber kann sie überhaupt ein Antiquitätengeschäft führen? Als sie den funkelnden Laden das erste Mal betritt, ahnt Nele nicht, dass der verstorbene Inhaber Hermann Habenicht viel größere Pläne mit ihr hat.

Eine warmherzige, humorvolle Geschichte für dunkle Winterabende.

Angela Lautenschläger arbeitet als Nachlasspflegerin und schreibt Kriminalromane. Sie lebt mit ihrem Mann und zwei Katzen in Hamburg.

www.angela-lautenschlaeger.de

Mein zauberhafter Weihnachtsladen

Roman

Bibliografische Information der Deutschen
Nationalbibliothek:
Die Deutsche Nationalbibliothek verzeichnet
diese Publikation in der Deutschen
Nationalbibliografie; detaillierte
bibliografische Daten sind im Internet über
dnb.dnb.de abrufbar.

ISBN: 9783748102885

Vermutlich hätte ich bereits stutzig werden müssen, als die Maus durch den Laden huschte, wobei sie es offenbar nicht besonders eilig hatte. Jedenfalls nahm sie sich die Zeit, kurz innezuhalten, um mir aus ihren blitzblanken Äuglein einen prüfenden Blick zuzuwerfen. Oder als ich den Namen Hermann Habenicht das erste Mal las, den ich nie zuvor gehört hatte. Und schließlich hätte ich mir viel früher eingestehen müssen, dass all die merkwürdigen Dinge, die später wie von Geisterhand geschehen waren, eine andere Ursache haben mussten. Es gibt schließlich keine Geister. Oder?

Vielleicht waren meine Sinne von dem überbordenden Laden mit all den funkelnden Sachen vernebelt. Möglicherweise auch von den Lichterketten, die das ansonsten finstere Haus erhellten, von dem Schnee, der alles mit einer weißen Puderschicht bedeckte, die jedes Geräusch verschluckte, oder von dem silbernen Klang, als würde ein Elf Harfe spielen. Aber am besten beginne ich mit meiner Geschichte ganz von vorn.

★

Der Tag erreichte seinen absoluten Tiefpunkt, als ich auf meinen Kontoauszug sah. Die Zahl darauf war bedrohlich nah an dem Dispo, den mir die Bank eingeräumt hatte. Genau genommen stand mir noch ein Guthaben von drei Euro fünfzig zur Verfügung, es war erst Mitte Dezember, und ich hatte noch kein einziges Geschenk besorgt. Nachdem mir mein Chef am Vormittag eröffnet hatte, dass er künftig ohne meine Dienste auskommen würde, hatte ich jetzt eigentlich genug Zeit zum Einkaufen, aber leider kein Geld dafür. Während ich mich mit meinen Finanzen befasste, lief Georg durch die Wohnung und redete unentwegt. Ich war nicht bei der Sache und sagte nur hin und wieder *Hm* oder *Jaja*. Als er einmal eine Pause einlegte, merkte ich kurz auf, aber weil er weitersprach, widmete ich mich wieder meinem Kontoauszug, auf dem immer noch dieselbe unschöne Zahl zu sehen war. Georg war inzwischen im Wohnzimmer verschwunden, dann hörte ich ihn aus dem Bad rufen. Ich konnte ihn nicht richtig verstehen, aber um nicht unhöflich zu sein, sagte ich: »Ja, ist okay.«

Es läutete. Georg war auf dem Weg zur Wohnungstür, blieb auf meiner Höhe stehen, sah mich kurz stirnrunzelnd an und ging dann öffnen. Während Georg an der Tür mit jemandem sprach, grübelte ich über meine Situation nach, die nach meiner Kündigung direkt auf eine finanzielle Katastrophe zusteuerte. Georg schloss die Tür und reichte mir mit den Worten *Für dich* einen Briefumschlag, bevor er wieder im Bad verschwand. Es war ein beeindruckender Umschlag aus festem chamoisfarbenem Büttenpapier auf dem in großen Lettern mit Füllfederhalter *Zustellung durch Boten Eilt Wichtig* stand. Ich holte aus der Küche ein Messer, weil ich diesen Brief anders als üblich nicht mit dem kleinen Finger aufreißen wollte. Zum einen, weil der Umschlag so elegant war, zum anderen weil ich befürchtete, mich zu verletzen. Mit klopfendem Herzen zog ich den Briefbogen heraus, auf dem oben in silbernen Lettern der Aufdruck

Dagobert Klappstuhl / Notar prangte. Inzwischen zitterten mir die Hände, und ich war nicht in der Verfassung, den Brief zu lesen. Ich zog mir einen Küchenstuhl heran und setzte mich an den Küchentisch, auf dem noch das Geschirr vom Abendbrot stand. Mit zusammengekniffenen Augen zwang ich mich, mich auf den Inhalt des Schreibens zu konzentrieren. Darin ging es um einen Hermann Habenicht, der offenbar verstorben war. Einige Zeilen weiter stand ein Termin, darunter die Entschuldigung des Notars mit dem lustigen Namen für die Unannehmlichkeiten, die mit dem kurzfristig anberaumten Zusammenkommen verbunden waren, aber die Sache sei nun einmal eilbedürftig. Als ich meinen Blick wieder auf die ersten Zeilen lenkte, wurde mir klar, was Herr Klappstuhl damit meinte: Der Termin in seiner Kanzlei sollte bereits am Vormittag des nächsten Tages stattfinden.

»Ich bin dann jetzt weg. «

Ich sah auf. Georg stand vor mir. Er trug seine Jacke, den Schal, den ich ihm vor Jahren geschenkt hatte, und einen Koffer. »Du verreist?« fragte ich.

Er nickte mit betrübter Miene. »Das hab ich mir gedacht. «

»Was hast du dir gedacht?«

»Dass du mir nicht zugehört hast«, erwiderte er und zog eine Pudelmütze aus der Jackentasche. »Dabei hast du gesagt: *Ja ist okay*«, gab er meine eigenen Worte wieder.

Ich kniff die Augen zusammen. Vielleicht hätte ich vorhin doch besser zuhören sollen. »Also, wohin willst du denn verreisen?«

Georg verdrehte die Augen und setzte sich die Mütze auf. »Ich verreise nicht, Nele, ich ziehe aus.«

Mir entfuhren die Worte: »Was? Aber warum?«

»Genau deshalb Nele. Du hörst mir nicht zu, du interessierst dich nicht für mich. Und ich weiß nicht, was in dir vorgeht.«

Starker Tobak, aber tief in meinem Innern wusste ich, dass er recht hatte. »Und wohin gehst du?«

»Erstmal kann ich bei Johannes wohnen. Meine Möbel und den größten Teil meiner Sachen lasse ich hier. Die hole ich später, wenn ich eine Wohnung gefunden habe.« Er wandte sich zur Tür und hielt kurz inne. »Dann mach es gut, Nele.«

Ich kam erst wieder zu mir, als die Wohnungstür ins Schloss fiel. Es wäre besser gewesen, mehr mit Georg zu sprechen. Der Saldo auf meinem Konto hätte sicher solange Geduld gehabt.

★

Als ich die Augen aufschlug, wurden mir zwei Dinge bewusst: Zum einen, dass ab diesem Morgen mein Leben ein anderes sein würde, nachdem Georg mich am Vortag verlassen hatte, zum anderen, weil ich nicht aus dem Bett springen und mich abhetzen musste, um wie jeden Tag zu spät zur Arbeit zu kommen. Aber da war noch etwas Anderes. Diese unheimliche Stille, deren Ursache nicht nur darin lag, dass Georg nicht neben mir lag. Ich stieg aus dem Bett und ging zum Fenster hinüber. Es schneite, und das offenbar schon die ganze Nacht. Die Dächer der gegenüberliegenden Häuser trugen eine Schneehaube und die Autos fuhren notgedrungen langsam durch die ungeräumte Straße. Über Nacht hatte sich eine wunderschöne Schneelandschaft gebildet. Erst als die Frühaufsteher unter den Nachbarn begannen, die Gehwege zu räumen, störte das Kratzen die Ruhe. Ich drehte mich um und dachte darüber nach, ob ich Georg als meinen Freund und Lebensgefährten vermisste oder als den Menschen, der morgens ohne zu murren zum Bäcker gegangen war, um mir einen einzigen Croissant zu holen. Ich ging in die Küche und kochte mir eine Tasse Kaffee. An das merkwürdige Gefühl, den ganzen Tag Zeit zu haben, musste ich mich erst gewöhnen. Aber die Aussicht schreckte mich nicht. Im Gegenteil: Ich würde endlich dazu kommen zu lesen. Wenn es etwas gab, womit ich mich den ganzen Tag beschäftigen konnte, dann war das zu lesen. Ich hatte schon unzählige Bücher verschlungen, aber in unserer Wohnung gab es noch viele Stapel ungelesener Bücher, die Georg häufig zu der düsteren Prognose veranlasst hatten, dass man uns beide eines Tages von mannshohen Bücherstapeln erschlagen auffinden würde. Nun, mir konnte das immer noch passieren; Georg hatte sich rechtzeitig aus der Gefahrenzone gebracht.

Eigentlich war absehbar gewesen, dass die Werbeagentur, in der ich seit zehn Jahren arbeitete, schließen würde. Mein Chef, mein ehemaliger Chef wie ich jetzt wohl sagen musste, war extrem fortschrittsfeindlich und mir, einer romantischen Nostalgikerin, gerade deshalb sehr sympathisch. Meine Kollegen hatten allerdings viel eher erkannt, wohin diese Haltung führen musste. Facebook, Twitter und Instagram standen in unserer Agentur auf der schwarzen Liste, und die Folge dieser Einstellung war die zunehmende Zahl an Kündigungen seitens unserer Kunden, ganz abgesehen davon, dass sich kein neuer Kunde zu uns verirrte. Wir verfügten nicht einmal über eine eigene Website. Einer meiner ehemaligen Kollegen hatte stets darüber gewitzelt, dass wir wirklich froh darüber sein konnten, Telefonanschluss zu haben - bevor er sich davonmachte. Aber was nützte das, wenn niemand anrief. Ich war die letzte Dumme, die zu Herrn Weidemann gehalten hatte, und mir war sogar entgangen, dass er sich schon seit einiger Zeit mit dem Gedanken trug, die Agentur zu schließen. Nachdem ich am Vortag meine letzte Arbeit abgegeben hatte, bot Herr Weidemann mir an, für den Rest des Jahres bezahlten Urlaub zu machen, um dann mit den Worten zu schließen, dass ich im neuen Jahr nicht mehr wiederzukommen brauchte. Mit dieser Nachricht hatte ich Georg erwartet, der darauf seltsam gleichgültig reagierte. Wie ich inzwischen wusste, weil er sich kein bisschen mehr für mich interessierte. An ein- und demselben Tag die Arbeit und den Freund zu verlieren, war wirklich hart. Ich erhob mich, um eine weitere Tasse Kaffee aufzubrühen. Dabei fiel mein Blick auf den chamoisfarbenen Umschlag, der in der Obstschale zwischen einer Orange und einem nicht mehr ganz frischen Apfel klemmte. Anschließend wanderte mein Blick zur Küchenuhr über der Tür, deren Zeiger auf halb elf stand. Um elf Uhr war der Termin bei Notar Klappstuhl. Ich fragte mich, wo die Zeit geblieben war; immerhin war ich um sieben Uhr aufgestanden. Dann flitzte ich wie von der Tarantel gestochen ins Bad.

★

Der kleine Laden lag in einer schmalen Gasse, durch die an diesem Morgen erst drei Menschen gegangen waren, wie man an den Fußspuren im Schnee sehen konnte. Außerdem waren dicht an der Hauswand die Pfotenabdrücke einer Katze zu erkennen. Das Haus war schmal, im Erdgeschoss befand sich der Laden, die Fenster in den beiden Stockwerken darüber waren dunkel. Das Schaufenster des Ladens funkelte hingegen wie eine Schmuckschatulle im Sonnenlicht. Mehrfarbige Lichterketten waren hinter der Scheibe kreuz und quer aufgespannt und beleuchteten die ausgestellten Schmuckstücke, wunderschön gefertigte Gobelinkissen sowie Schalen und andere Gegenstände aus Silber. Erschlagen von der Pracht blieb ich eine Weile sprachlos stehen. Dieser Tag hatte verrückt angefangen und würde sich offenbar auch nicht mehr in eine andere Richtung entwickeln.

Dagobert Klappstuhl, der Notar, war ein großer Mann mit beachtlichem Bauchumfang und ein freundlicher Mensch. Er bedankte sich überschwänglich dafür, dass ich so prompt seiner Einladung gefolgt war, nicht ahnend, dass ich meine sämtlichen Mäntel und Taschen nach Kleingeld durchsuchen musste, um das nötige Busgeld zusammenzukratzen. Ich hatte nicht feststellen können, wer älter war: Seine Sekretärin oder seine Einrichtung, aber seine Sekretärin hatte immerhin einen wunderbaren Kaffee gekocht. Jedenfalls nahm ich das an, denn angerührt hatte ich ihn nicht. Ich war schon hibbelig genug. Als ich dem Notar in einem riesigen Ledersessel gegenübersaß, bemerkte ich erst nach fünf Minuten, dass er mit mir sprach. Ich hatte kein einziges Wort mitbekommen. Das schien ein neues Problem von mir zu sein. Oder war es schon immer mein Problem gewesen? Nun, Herr Klappstuhl war ein sehr geduldiger Mann, der alles für mich wiederholte – und es dann noch einmal erklärte, nachdem ich ihn offenbar mit wenig intelligenter Miene fragend angesehen hatte.

»Aber ich kenne diesen Hermann Habenicht nicht«, sagte ich.

»Das macht nichts«, erwiderte Herr Klappstuhl mit ruhiger Stimme. »Man kann durchaus Menschen beerben, die man nicht kennt.«

»Aber ich habe noch nie von ihm gehört!« bekräftigte ich.

»Auch das ist nicht schlimm.«

Ich setzte mich in meinem Ledersessel zurecht. »Aber verstehen Sie nicht? Es muss sich um einen Irrtum handeln. Herr Habenicht meinte eine andere Nele Hansen.«

»Da kann ich Sie beruhigen. Sie sind die Richtige.«

Ich sank erschöpft in meinem Sessel zusammen. Dieser Mann war zwar sehr nett, aber er verstand mich nicht. Er konnte mir doch nicht das Erbe irgendeines mir unbekannten wehrlosen Mannes aufschwatzen.

»Ich verstehe, dass diese Sache für Sie überraschend ist, Frau Hansen. Aber ich versichere Ihnen, dass alles seine Richtigkeit hat. Es war der letzte Wunsch und Wille von Herrn Habenicht, dass Sie seine gesamte Habe erben, wenn Sie mir dieses kleine Wortspiel erlauben. Und, um zum Punkt zu kommen, die Sache ist einigermaßen eilbedürftig, weil zum Nachlass ein Geschäft gehört, das weitergeführt werden muss.«

Ich bekam große Augen. Sehr große Augen, weil ich mich bereits hinter einer Wursttheke stehen sah, ohne zu wissen, was sich vor mir in der Vitrine befand, oder in einem Blumenladen, in dem ich gerade mal Rosen von Nelken unterscheiden konnte. Ich legte den Kopf schief. Aber vielleicht meinte das Schicksal es gut mit mir, und ich würde einen Buchladen erben. Darin würde ich mich verkriechen und niemals wieder herauskommen.

»Ich nehme an, dass das in Ihrem Interesse ist.«

Ich hatte schon wieder nicht zugehört. Das musste ich mir dringend abgewöhnen. »Entschuldigung, …«

Herr Klappstuhl hob die Hand. »Kein Problem. Sie können sich alles erst einmal ansehen. Allerdings müsste ich bald Bescheid wissen, wie Sie sich entscheiden. Sehr bald. « Mit diesen Worten reichte er mir einen riesengroßen Schlüssel.

Und den hielt ich nun in der Hand und sah vom Schlüssel zum Schloss und vom Schloss zum Schlüssel. Es kam mir immer noch nicht richtig vor, einfach in das Haus des fremden verstorbenen Mannes zu gehen. Aber ich konnte hier auch nicht so lange herumstehen, bis ich vollständig eingeschneit war. Also steckte ich den Schlüssel ins Schloss.

★

Schlagartig befand ich mich in einer anderen Welt. Hinter mir fiel die Glastür, die bei meinem Eintreten ein leises Glöckchen angeschlagen hatte, ins Schloss, und in dem Laden herrschte eine angenehme Stille. Alle störenden Geräusche der Welt waren verstummt, hier drinnen war nur der silberne Klang zu vernehmen, den ich schon auf der Straße wahrgenommen hatte. Innen wirkte der Laden viel größer als von außen. In kleinen Gruppen waren Ohrensessel, mit kariertem Stoff oder Leder bezogen, aufgestellt, kleine Tischchen, Stoffe, Kissen, Statuen, Lampen. Dazwischen lehnten Gemälde in wunderschönen Rahmen an Stuhlbeinen, Glaskuppeln hingen von der Decke und über all dem waren weitere Lichterketten gespannt. Der Holzboden knarrte leise unter meinen Füßen, als ich mich weiter in das Innere des

Ladens hineinwagte. Zu meiner Überraschung roch es weder muffig noch war es staubig. Im Gegenteil, alles wirkte frisch poliert und liebevoll arrangiert. Und was ich dann entdeckte, ließ mein Herz höher schlagen: Die gesamte Rückwand war bis unter die Decke mit einem Bücherregal bedeckt und in einer ganz oben angebrachten Schiene war eine verschiebbare Leiter eingeklinkt. In der Mitte des Regals befand sich eine Tür. Ich war beeindruckt von den in Leder gefassten und mit goldenen Buchstaben bedruckten Buchrücken, neben denen es aber auch zahlreiche Klassiker und moderne Taschenbücher gab. Unter anderem einen Roman, den ich kannte. Er hatte mir nicht gefallen und war auf dem Flohmarkt gelandet. Ich schob das Buch, das etwas hervorstand, in die Reihe zurück und setzte mich auf den hohen mit rotem Samt bezogenen Lehnstuhl in der Ecke. Davor stand ein wunderschön gearbeiteter Intarsienschreibtisch, über und über mit Papieren bedeckt. Die ebenfalls mit Samt bezogenen Armpolster waren abgescheuert, und ich stellte mir Hermann Habenicht vor, der seine Tage hier verbrachte. Es war ein wunderbarer Platz. Man fühlte sich hinter all den schönen Dingen wunderbar geborgen und hatte zugleich einen guten Blick auf die kleine Gasse, in der jetzt hin und wieder ein Passant vorüberging. Aber ich fragte mich, ob jemals jemand von ihnen hereinkam und sogar etwas kaufte. Eine Kasse konnte ich jedenfalls nicht entdecken. In meinem Hinterkopf hörte ich Georgs mahnende Worte: *Du musst dich über den Nachlass informieren. Als erstes musst du den Wert des Hauses ermitteln, prüfen, wieviel Geld dieser Habenicht auf dem Konto hatte und feststellen, ob er Schulden hinterlässt. Dann und nur dann darfst du die Erbschaft annehmen.* Ich hob den Riemen meiner Tasche über den Kopf und nahm meine Mütze ab. Diese vernünftigen und vermutlich richtigen Empfehlungen störten in diesem Augenblick meine Empfindungen. Hier drinnen war es einfach schön, ich fühlte mich geborgen und wohlig, und hatte überhaupt keine Lust, dieses Gefühl mit Geld aufzuwiegen. Ich seufzte, als mir Georgs potentielle Entgegnung in den Sinn kam: Genau deshalb bist du immer in finanziellen Schwierigkeiten, Nele. Weil bei dir das Herz größer ist als das Hirn. Gedankenverloren streckte ich die Hand aus und nahm einige der Papiere vom Schreibtisch. Es waren Buchempfehlungen, Anfragen von Kunden nach besonderen Buchausgaben oder Antiquitäten und Einladungen zu Fachmessen. Mahnungen waren nicht darunter. Irgendwo in dem Stapel lag ein Brief in einer schönen Handschrift. Eine Frau Silberling bat darum, dass Herr Habenicht sie einmal aufsuchte, um ihr Mobiliar zu taxieren. Ich seufzte erneut. Ich hatte keine Ahnung von Antiquitäten. Ich wusste ja nicht einmal, wieviel die Bücher in dem Regal hinter mir wert waren. Ich konnte allenfalls etwas zu dem Inhalt der Bücher sagen, die ich selbst gelesen hatte. Wenn ich die Erbschaft annahm, würde ich vermutlich den ganzen Tag damit zubringen, jedes einzelne Buch hinter mir zu lesen, abends den Laden abschließen und zuhause weiterlesen. Irgendwann würde der Gerichtsvollzieher mein einziger Besucher sein, man würde mir das Dach über dem Kopf wegpfänden und mein künftiger Wohnort läge unter einer Brücke. Mit anderen Worten: Es wäre keine gute Idee, die Erbschaft anzunehmen.

Aus dem Augenwinkel nahm ich rechts vor dem Bücherregal eine Bewegung wahr. Ich wandte meinen Kopf und sah eine Maus über den Holzboden huschen. Beim Anblick der Maus sprang ich nicht kreischend auf den Tisch. Als sie auf meiner Höhe war, hielt sie kurz inne, setzte sich auf, sah mich aus blitzblanken Augen vertrauensselig an und setzte dann ihren Weg fort. Bis zu diesem Zeitpunkt kannte ich Mäuse nur aus der Tierhandlung, sicher hinter Glas oder Gittern, so dass jeder von uns seinen eigenen Raum hatte. Hier war das anders. Wir befanden uns beide im Laden, und die Maus saß jetzt irgendwo in dem Gewirr aus Stuhl- und Tischbeinen und Sesselfüßen. Wenn sie unter einer der Kommoden hockte, würde ich sie vermutlich erst bei der Zwangsräumung wiedersehen. Was zum Teufel sollte ich bloß tun? Dummerweise hatte ich ja auch nicht ewig Zeit.

Notar Klappstuhl hatte mir schließlich mehrfach nachdrücklich zu verstehen gegeben, dass ich mich schnell, sehr schnell, entscheiden müsste. Allerdings hatte ich immer noch keine Ahnung, weshalb Eile geboten war. Man konnte schließlich nicht behaupten, dass in diesem Geschäft hektische Betriebsamkeit herrschte und dass die Kunden sich die Nase an der Schaufensterscheibe plattdrückten.

In die Stille hinein erklang das Türglöckchen und holte mich in die Realität zurück.

»Oh, hi, das ist toll, dass Sie schon da sind.« Ein junger schmaler Mann mit einer viel zu großen Pudelmütze auf dem Kopf kam in den Laden und brachte kalte Luft mit. »Wir alle hier hätten nicht gewusst, was wir ohne Sie tun sollen.«

Ich sah ihn aus zusammengekniffenen Augen an und versuchte einzuschätzen, ob er gefährlich war oder ich ihn nur einfach nicht verstand.

Er zog einen Handschuh aus und streckte mir eine Hand mit langen Fingern entgegen. »Ich bin Jonas.«

Ich ergriff die warme Hand. »Nele Hansen.«

»Ich weiß.« Ungefragt knöpfte der junge Mann namens Jonas seinen Duffle Coat auf, hängte ihn an den Garderobenständer neben einem zweisitzigen englischen Ledersofa und machte sich an dem Teegeschirr auf dem Tischchen zu schaffen, das ich für Dekoration gehalten hatte. Er verschwand in der Tür im Bücherregal, dahinter hörte ich Wasser rauschen, nach einer Weile kehrte er mit einer dampfenden Teekanne zurück und stellte zwei Tassen und Zucker daneben.

»Nehmen Sie Milch in den Tee?«

»Nein«, antwortete ich überrumpelt und verschwieg, dass ich eigentlich Kaffeetrinker war.

»Aber Zucker nehmen Sie«, stellte er fest, ohne eine Antwort zu erwarten. Er reichte mir eine Tasse, zog einen Stuhl heran und setzte sich zu mir. »Mann, ich bin wirklich froh, dass Sie sich dazu entschlossen haben, das Geschäft

15

weiterzuführen. Wissen Sie, es gibt nicht viele Menschen, die dazu geboren sind.« Er rührte nachdenklich in seiner Tasse. »Herr Habenicht war so eine Ausnahme, wissen Sie? Sehr geduldig, sehr einfühlsam und ein echt guter Zuhörer. Also, er hörte zwischen den Zeilen. Im übertragenen Sinne. Schließlich spricht man ja nicht in Zeilen, aber Sie wissen schon, was ich meine.«

Ich kämpfte kurz mit dem Impuls, Tasche und Mütze an mich zu reißen und aus dem Laden zu stürmen, aber irgendeine überirdische Macht hielt mich davon ab. Vielleicht auch nur meine Neugier und der Gedanke, diesen angenehmen Platz gegen die Kälte draußen tauschen zu müssen. Also knöpfte ich meinen Mantel auf und nahm einen Schluck Tee.

Jonas schien von meinen Bedenken nichts mitzubekommen. Der Boden seiner Teetasse musste vom vielen Rühren bald durchgescheuert sein. »Ein ganz besonderer Mensch«, stimmte er sich selbst zu. »Und ein verzauberter Ort.« Er sah mich aus dunkelbraunen Augen an, die Ähnlichkeit mit denen der Maus hatten. »Es gibt auf der ganzen Welt keinen Ort, an dem ich mich so wohlfühlen würde wie hier. Also nicht, dass ich schon überall auf der Welt gewesen wäre, aber von all den Orten, die ich kenne. Aber natürlich weiß man nicht, ob es nicht irgendwo noch so einen mystischen Ort gibt, an dem wir noch nie waren. Sicher gibt es den, denn es kann ja nicht alles von hier aus geregelt werden.«

Vor einigen Jahren hatte ich mir mal einen Mietwagen genommen. In dem Büro des Autoverleihers hing hinter dem Tresen an der Wand ein Blatt Papier mit den Worten: *Die ganze Welt ist ein Irrenhaus, und wir sind die Zentrale.* Es musste einen Grund dafür geben, dass ich mich genau in diesem Augenblick daran erinnerte. Und ich fragte mich, warum Hermann Habenicht, den ich nicht kannte, und der mich nicht kennen konnte, mich hierher gebracht hatte. Wie konnte mich ein Unbekannter für verrückt halten? Gut, bei allen anderen hätte ich es verstanden.

»Aber wie dem auch immer sei, Herr Habenicht hat gesagt, ich soll besonders nett zu Ihnen sein, Ihnen alles zeigen, Sie unterstützen, wo es geht, und nicht so viel quatschen.« Er lächelte entwaffnend.

Das mit dem nicht so viel quatschen klappte schon mal nicht. Ich blies die Backen auf, weil ich vermutete, dass er irgendeine Reaktion von mir erwartete. »Äh, was genau hat Herr Habenicht hier denn so gemacht?«

Jonas verzog das Gesicht. »Sehen Sie? Genau das habe ich zu Herrn Habenicht gesagt. Herr Habenicht, habe ich gesagt, die Frau wird wissen wollen, was sie hier eigentlich soll, und was soll ich dann sagen, Herr Habenicht, habe ich ihn gefragt.«

Ich hob die Augenbrauen, was Jonas aber nicht sehen konnte, weil er immer noch damit beschäftigt war, die Widerstandsfähigkeit des Porzellans zu testen.

»Und wissen Sie, was er geantwortet hat?« Jetzt sah er mich doch wieder an.

»Nein, woher?«

»Die Zeit wird es erweisen, hat er gesagt.«

Das war nicht die erhellende Antwort, die ich erhofft hatte. Genau genommen war ich jetzt ebenso schlau wie vorher. Ich legte den Kopf in den Nacken und sah an die Decke. Bis zu dem Zeitpunkt, in dem ich die Maus entdeckt hatte, war ich nicht sicher, aber jetzt bekam ich das Gefühl, Spielball zweier Irrer zu sein. Einem toten und einem lebendigen.

Jonas leerte seine Tasse und stellte sie auf den Papierstapel auf dem Tisch. »Ich werde Ihnen dann mal alles zeigen. Kommen Sie.«

Meine Neugier würde noch mal mein Untergang sein. Ich folgte Jonas durch die Tür im Regal, die in ein Treppenhaus führte, von dem eine kleine Toilette abging, in der Jonas wohl das Teewasser besorgt hatte. Im ersten Stock öffnete er eine Wohnungstür mit geschliffenem Glaseinsatz, hinter der eine kleine Wohnung lag, die Ähnlichkeit mit dem Laden aufwies. Wohn-, Ess- und Schlafzimmer waren mit schönen englischen Möbeln und geschmackvollen Stoffen eingerichtet, vor den Sprossenfenstern hingen schwere Vorhänge. Bad und Küche waren mit schönen italienischen Kacheln gefliest. Soviel guten Geschmack hatte ich hier gar nicht erwartet. Ich wäre hier eingezogen, ohne etwas zu verändern.

»Das ist also Ihr künftiges Reich.« Jonas rückte einen silbernen Bilderrahmen auf einem Sekretär zurecht.

Ich trat näher und betrachtete das Foto. Es zeigte einen freundlich dreinblickenden älteren Herrn. »Ist das Herr Habenicht?«

Jonas nickte. »Ja, das ist er. Ich bin immer noch sehr traurig.«

Natürlich war er das. Er hatte den alten Mann bewundert und offenbar viel von ihm gelernt. Er vermisste ihn, das hatte ich bisher nicht bedacht. Ich berührte kurz seinen Oberarm. »Das verstehe ich.«

Er lächelte mich tapfer an. »Aber jetzt sind Sie ja da.«

Ich zog die Hand zurück. Ich war wohl kaum ein Ersatz für einen alten Mann, und dann noch in dessen Funktion, die sich mir noch nicht erschlossen hatte.

»Okay«, beendete Jonas diesen Teil unserer Unterhaltung. »Dann gehen wir mal nach oben.«

Im Obergeschoss gab es eine leerstehende Wohnung, die aus zwei Räumen mit schrägen Wänden, Küche und Bad bestand. Es war ein wenig kühl hier oben, aber nicht ungemütlich. Jonas durchmaß den einen Raum mit großen Schritten.

»Sind Sie mit vierhundert Euro einverstanden?« fragte er, als er das andere Ende des Zimmers erreicht hatte.

»Wofür?«

»Als Miete. Es ist doch in Ordnung, dass ich hier einziehe? Wir hatten das gerade besprochen, Herr Habenicht und ich, aber dann ist er überraschend von uns gegangen. Ich habe bis vor kurzem bei meiner Großmutter gelebt, aber sie ist verstorben, und ich konnte mir die Miete für ihre

Wohnung nicht leisten. Deshalb bin ich vorübergehend bei einem Freund untergekommen, aber das ist auf Dauer keine Lösung. Die Räume hier oben stehen schon lange leer, aber mit ein bisschen Farbe wäre das eine prima Behausung.« Er blieb vor mit stehen und sah mich aus seinen freundlich dreinblickenden Augen an. »Ist doch okay, oder?«

Irgendeine Fehlreaktion in meinem Nervensystem ließ meinen Kopf nicken, obwohl doch jeder die Interviews aus dem Fernsehen kennt, in dem die Nachbarn sagen: *Niemals hätte ich von ihm gedacht, dass er seine Frau und seine beiden süßen kleinen Mädchen umbringt. Schließlich hat er doch immer gegrüßt.* Würde ich also an einem der nächsten Tage in der Titelzeile der Zeitungen stehen?

»Super!« freute er sich wie ein Kind. »Ich konnte ein paar von Omas Möbeln retten, die werde ich hier reinstellen. Natürlich werde ich mich bemühen, keine Schäden im Treppenhaus zu verursachen.«

Ich konnte mir im Augenblick nichts vorstellen, was mich weniger beunruhigen würde als eine Schramme in der gestreiften Tapete im Treppenhaus. Ich fühlte mich erschöpft.

»Schön, ist es in Ordnung, wenn wir jetzt unseren ersten Termin wahrnehmen? Frau Silberling wartet schon eine Ewigkeit. Herr Habenicht hat es einfach nicht mehr geschafft, wissen Sie?«

Der Name Silberling kam mir vage bekannt vor. Zunehmend beschlich mich das Gefühl, dass der Geist des alten Mannes und das Haus ihre Tentakeln nach mir ausstreckten und ich mich dem nicht entziehen konnte.

»Wir nehmen meinen Roller«, rief Jonas, der schon vorausgelaufen war, von unten. »Ich habe einen zweiten Helm.«

★

Die Enttäuschung der alten Dame darüber, dass statt Herrn Habenicht eine junge Frau bei ihr aufkreuzte, wurde durch die Erleichterung abgemildert, dass sich überhaupt jemand bei ihr blicken ließ. Sie lebte draußen auf dem Land allein in einem riesigen Herrenhaus, das von oben bis unten mit wunderschönen Antiquitäten möbliert war. Mir blieb das Herz stehen, während Jonas wie ein Kind im Kinderparadies durch die Räume tobte. Frau Silberling lächelte nachsichtig und bat mich in eine Art Salon, wo wir auf zwei weißen Stühlen mit runder Rückenlehne an einem Tisch mit Spitzendecke Platz nahmen. Ich hatte furchtbaren Hunger und versuchte gar nicht erst, den leckeren Zitronenkeksen zu widerstehen. Frau Silberling servierte Kaffee dazu.

»Darf ich Sie etwas fragen?« wandte ich mich nach dem zweiten Keks an Frau Silberling.

»Natürlich, meine Liebe.«

»Warum wollen Sie all das aufgeben? Dieses wunderschöne Haus und den Park?« Garten konnte man das, was das Herrenhaus umgab, wahrlich nicht nennen. Wir hatten einige Minuten gebraucht, um die schneebedeckte Allee zum Haus hinaufzufahren, und ich konnte mir gut vorstellen, wie schön es hier sein musste, wenn alles grünte und blühte.

Frau Silberling wandte den Blick zum Fenster. »Natürlich ist es wunderschön, und ich gebe es auch ungern auf.« Sie sah mich wieder an. »Aber sehen Sie sich um. Das Haus ist viel zu groß für mich allein, und das Anwesen verschlingt Unmengen an Geld. Mein Mann hat mich gut versorgt zurückgelassen, aber es ist doch Unsinn, dass ich alles dafür ausgebe. Ich werde das Haus verkaufen.«

Ich nickte. »Frau Silberling, Sie hatten ja eigentlich Herrn Habenicht erwartet.«

»Ach, es tut mir leid, dass er verstorben ist. Entschuldigen Sie bitte, dass ich vorhin ein wenig unhöflich zu Ihnen war. Es ist nur so, dass er mir empfohlen wurde.«

»Frau Silberling, ich würde es durchaus verstehen, wenn Sie sich lieber jemand anderen suchen wollen, der Ihre Möbel taxiert.«

Die alte Dame schüttelte so vehement den Kopf, dass ihre grauen Locken in Bewegung gerieten. »Auf gar keinen Fall. Jemand, der das Geschäft von Herrn Habenicht übernommen hat, ist mir genauso recht wie der Herr Habenicht selbst.«

»Sie kannten ihn?« fragte ich neugierig.

»Nein, ich hatte leider nicht die Ehre, ihn noch persönlich kennenzulernen.«

Ich lehnte mich zurück. Allmählich verstand ich gar nichts mehr. Aber gerade, als ich fragen wollte, wie sie auf Habenicht gekommen war, stürmte Jonas zur Tür herein. »Sie haben wundervolle Schätze hier im Haus, Frau Silberling.« Er ließ sich japsend auf einen Stuhl fallen. »Super Sachen. Dafür kriegen Sie ordentlich was.«

Frau Silberling wirkte erfreut über diese Nachricht.

»Wissen Sie, das ist etwas ganz Anderes als die Sachen, die meine Oma hinterlassen hat. Eine sehr liebe Frau, meine Großmutter, auf die lasse ich nichts kommen, aber den Kram, mit dem sie ihre Wohnung möbliert hat, kann man nicht Möbel nennen. Sie hatte eine Schlafzimmereinrichtung aus den Siebzigern, so eine, bei der Ehebett, Kleiderschrank und Nachttische aus demselben Sperrholz hergestellt sind. Und dann die Küchenschränke.« Jonas schüttelte den Kopf. »Weiße Schränke mit hellblau gestrichenen Türen.«

Ich räusperte mich.

»Wir werden Ihre Sachen abholen lassen und in unserem Geschäft verkaufen«, fuhr er fort. »Sie werden sehen, die Möbel sind im Nullkommanichts weg.«

Ich sah Jonas verwundert an. Es war offenbar doch ein Fehler gewesen, auf meine nicht vorhandene Menschenkenntnis zu vertrauen. Im Laden gab es nicht einen Zentimeter freien Raum. Wo zum Teufel sollten die Möbel hin, die im Augenblick - über den Daumen gepeilt - dreihundert Quadratmeter Platz belegten? Und dann blieb noch die Frage, wer das alles kaufen sollte und ob wir den Ankauf finanzieren konnten.

»Was glauben Sie, wieviel Zeit Sie brauchen, um alles zu verkaufen?« fragte die alte Dame.

Etwa einhundert Jahre war meine Antwort, die ich aber für mich behielt.

»Nicht länger als einen Monat«, erklärte Jonas, der Fantast.

Ich musste etwas tun. Wir konnten auf gar keinen Fall dieses Geschäft mit der alten Dame abschließen, denn es würde mich ruinieren, noch bevor ich die Erbschaft angenommen hatte. Um das zu beurteilen, brauchte ich nicht einmal Georg.

Jonas packte einen Stapel Papier auf den Tisch, um eine Hand für einige Zimtsterne frei zu haben. »Ich habe alles aufgenommen«, erklärte er mit vollem Mund. »Morgen schicken wir drei Möbelwagen, die alles abholen werden. Sie werden sehen, das geht ruckzuck und hinterlässt keine Spuren.«

Frau Silberling sah bei diesen Aussichten ein wenig traurig aus.

»Vielleicht möchte Frau Silberling einige der Möbelstücke behalten, um sich irgendwo neu einzurichten?« schlug ich vor, um die Menge wenigstens ein kleines bisschen zu reduzieren.

»Naja, gewiss nicht die Möbel aus den beiden Kinderzimmern und dem Raum, in dem Ihre Haushälterin gelebt hat, oder?« wandte Jonas sich an die Hausherrin.

Die schüttelte stumm den Kopf.

»Allerdings wird für die gesamte Einrichtung des englischen Salons und der Bibliothek eine hübsche Summe rausspringen, und ich denke, die Sammlung Kupferpfannen in der Küche ist auch ziemlich wertvoll.«

»Ich glaube, wir haben alles besprochen, Frau Silberling. Oder haben Sie noch Fragen?«, beendete ich die Unterhaltung. Ich musste dringend nachdenken.

22

Die alte Dame schüttelte den Kopf. »Nein, Sie werden das schon machen.« Sie fasste Jonas am Ellenbogen. »Ich bringe Sie nach draußen.«

Ich blieb noch einen Moment sitzen. Ich war jetzt die Inhaberin des Ladens, und ich musste irgendetwas tun, um ihn nicht mit meinem ersten Geschäft vollständig zu ruinieren. Ich saß immer noch wie festgeklebt auf meinem Stuhl, als die beiden bereits draußen in der Empfangshalle miteinander letzte Einzelheiten besprachen. Um es kurz zu machen: Ich verhinderte das Geschäft nicht. Aber ich nahm die Erbschaft an.

Beim Aufwachen sah ich direkt in einen weiß gestrichenen Vogelkäfig, in dem zwei Holzvögel auf einer Stange saßen. Ich rechnete fest damit, dass die beiden anfangen würden zu zwitschern oder mir einen guten Morgen zu wünschen, aber sie verhielten sich wie normale Holzvögel und hielten den Schnabel. Nach meinem Besuch bei Notar Klappstuhl war ich kurz versucht, die Zahl meiner neuen irren Bekanntschaften auf drei zu erhöhen, weil er mich mit den Worten empfing: *Ich wusste, dass Sie sich für die Annahme der Erbschaft entscheiden.* Dabei hatte ich bis zu dem Augenblick, in dem ich meinen Finger auf die Klingel drückte, selbst nicht gewusst, wie ich mich entscheiden würde. Aber nun war ich Besitzerin eines überquellenden Ladens, in dem das Mobiliar in Kürze bis unters Dach gestapelt sein würde, wenn Jonas drei Lastwagen mit den Möbeln von Frau Silberling auslud. Mein Handy klingelte, und ich musste mich ziemlich verrenken, um es aus meiner Manteltasche zu befreien. Ich hatte nach meiner Rückkehr vom Notar nicht mehr die Kraft gehabt, mir auch nur die Mütze abzunehmen, und ich hatte mich einfach in den nächstbesten Sessel fallen lassen. Einen orangefarbenen Ohrensessel, dessen Leder bei jeder

Bewegung der Duft von Zigarren entstieg. Ich stellte mir seinen Vorbesitzer als einen genüsslich Zigarre schmauchenden alten Herrn vor.

»Hallo?« fragte ich müde.

»Ich bin's«, sagte Georgs vertraute Stimme.

»Oh, hallo.«

»Ich wollte nur fragen, ob es okay ist, wenn ich heute ein paar Sachen abhole. Johannes' Eltern haben mir angeboten, sie in ihrem Keller einzulagern.«

»Du musst nicht ausziehen«, hörte ich mich sagen.

Als am anderen Ende der Verbindung ein paar Sekunden Schweigen herrschte, fuhr ich fort: »Ich habe etwas Neues gefunden.«

»Das ging aber schnell.« Er klang überrascht.

»Ja, genau genommen hat das Haus mich gefunden«, antwortete ich. »Wie auch immer. Ich werde heute meine Sachen abholen, dann kannst Du heute Abend wieder in die Wohnung zurückkehren.« Ein attraktives Angebot, fand ich, aber es ließ Georg offenbar ratlos zurück.

»Ja gut, wenn du meinst. Du kannst dich ja mal melden und sagen, wo du jetzt steckst.«

»Mach ich.« Ich beendete das Gespräch und erhöhte die Zahl der Irren auf vier – einschließlich meiner eigenen Person. War ich von allen guten Geistern verlassen? Wollte ich künftig Ladenbesitzerin sein? In Hermann Habenichts Wohnung leben? Jonas als Untermieter haben, der witziger Weise über mir wohnen würde? Die Antwort auf alle Fragen lautete zu meiner eigenen Verwunderung: *Ja*. Und soll ich Ihnen etwas sagen? Es fühlte sich gut an.

Als die Ladenglocke bimmelte, stand ich aus meinem Sessel auf und stieß mir den Kopf am Vogelkäfig.

»Aua.«

»Ihnen auch einen fröhlichen guten Morgen. Ich habe uns Croissants mitgebracht. Ich war nicht sicher, ob Sie die mögen oder lieber etwas Herzhafteres hätten wie Laugenbrezeln oder so, aber dann dachte ich, ich bringe erstmal etwas mit und probiere es aus.« Jonas' Haare standen zu Berge, als er seine schneebedeckte Mütze vom Kopf zog.

24

»Nicht so viele Informationen am frühen Morgen, Jonas.« Ich rieb mir die schmerzende Stirn. »Alles ist gut.«

»Dann mach ich uns mal Tee.«

Es wäre eine gute Gelegenheit gewesen, ihm zu sagen, dass ich lieber Kaffee trank, aber ich tat es nicht. Vielleicht hatte ich in meinem bisherigen Leben falsch gelegen und war im Grunde meines Herzens Teetrinker. Mir war furchtbar warm, und ich zog meinen Mantel aus. Vermutlich erhitzten die Lichterketten den Raum, aber ich hatte noch nicht herausgefunden, wie man sie abschaltete. Georg würde sagen: *Sei froh, hier werden die Lichter noch früh genug ausgehen.* Das Buch, dieser Frauenroman, war wieder nach vorn gerutscht. Ich schob ihn in die Reihe zurück und setzte mich zu Jonas.

»Heute tritt Plan B in Kraft«, erklärte ich meinem Mitarbeiter. »Frau Silberling muss warten. Wir müssen erst ein paar Sachen von mir holen.«

Jonas Augen glänzten. »Und dann ziehen Sie hier ein?« Er zog die Faust nach unten. »Yes!«

Diesmal war ich es, die gedankenverloren in ihrer Teetasse rührte. Jonas plapperte unentwegt, ich glaube, er berichtete mir davon, wie er sich die Einrichtung seiner Wohnung vorstellte. Ich musste immerzu an Frau Silberling denken. Die alte Dame ging mir nicht aus dem Kopf. Ich hatte eine gewisse Parallele zwischen Frau Silberling und mir festgestellt, nur dass ich der Veränderung in meinem Leben freudig entgegensah. Die alte Dame war sehr traurig, und ich hatte keinen richtigen Plan erkennen können, was ihre Zukunft anbetraf. Als ich von meinem Croissant abbiss, segelten kleine Stückchen vom Blätterteig zu Boden. Ich war nicht überrascht darüber, kurz darauf die Maus aus ihrer Behausung unter dem Bücherregal kommen zu sehen. Vorsichtig näherte sie sich uns Menschen und widmete sich dann ihrem Croissantfrühstück. Jonas redete immer noch. Und so saß ich grübelnd da und frühstückte zusammen mit einer Maus und einem jungen Mann, der sich in

Tapetenfantasien erging, ohne das Tier überhaupt zu bemerken. Die ganze Welt ist ein Irrenhaus …

★

Während ich ein letztes Mal in meiner alten Wohnung duschte, packte Jonas alles ein, woran ein gelber Sticker pappte. Viel würde ich nicht mitnehmen, nicht einmal alle meine eigenen Sachen. Falls Georg sich später beschwerte, konnte ich die rosafarbene Schuhkommode immer noch abholen. Nach meinem Empfinden passte das Möbelstück besser in diese Wohnung als in Hermann Habenichts Antiquitätenmuseum. Und der alte Herr war schließlich vollmöbliert verstorben, wo sollte ich da noch irgendetwas anderes hinquetschen?

»Soll dieses komische Glasdings auch mit?«

Jonas Worten folgte ein Klirren.

Ich hatte mir eben ein Handtuch um die nassen Haare gewickelt und schlüpfte in meinen Bademantel. »Das Aquarium?« fragte ich mit Blick auf die Scherben. »Hat sich wohl erledigt, wie?«

Jonas grinste zerknirscht. »Waren glücklicherweise keine Fische mehr drin.«

Ich rubbelte mir das Haar trocken. »Die hat Georg schon vor Jahren abgeschafft. Zu Weihnachten packe ich immer Tannenzweige und rote Glaskugeln rein.«

»Naja, da wird sich Ihr Freund für dieses Fest eine neue Deko ausdenken müssen.«

Ich kehrte ins Bad zurück. »Ich glaube, das ist sein geringstes Problem.«

Der Laden verfügte über einen Transporter, der groß genug war, um mein Umzugsgut zu fassen. Wir räumten alles in den Flur meiner neuen Wohnung. Anschließend bat ich Jonas, auf den Laden aufzupassen, ehe mich hinter das Lenkrad setzte und raus aufs Land fuhr. Es hatte nachts geschneit, und die Straßen waren noch nicht wieder geräumt. Das Herrenhaus lag so zauberhaft in der Schneelandschaft, dass ich geradezu neidisch wurde, als ich darauf zufuhr.

Vielleicht sollte ich Frau Silberling in den Wagen setzen und mit ihr zusammen auf das Haus zufahren, einfach damit sie in den Genuss dieses Anblicks kam. Die alte Dame würde sofort ihre Meinung ändern und hier wohnen bleiben wollen. Ich parkte den Wagen neben einem Blumenkübel, in dem ein Buchsbäumchen wuchs, und ging zur Eingangstür.

Frau Silberling trug eine graue Wollstola um die Schultern, die sie über der Brust zusammenhielt. »Frau Hansen.« Sie sah über meine Schulter hinweg. »Sie sind allein?«

Ich nahm meinen Mut zusammen. »Bin ich. Ich würde gern noch einmal mit Ihnen sprechen, bevor es losgeht. Darf ich reinkommen?«

Die Hausherrin trat beiseite. »Natürlich.«

Mein Blick fiel auf zwei Stühle mit hohen Rückenlehnen, die unterhalb eines riesigen Gemäldes in der Eingangshalle standen. »Können wir uns dahin setzen?«

»Ja, sicher. Aber ich hab jetzt gar nichts vorbereitet.«

»Ich möchte auch nichts.« Ich setzte mich und wartete ab, bis Frau Silberling sich ebenfalls setzte. Sie war sehr angespannt und berührte mit ihrem Hinterteil nur das vordere Drittel der Sitzfläche.

»Frau Silberling«, begann ich. »Sie haben mir den Auftrag erteilt, Ihr Haus zu räumen und die Möbel zu verkaufen. Das, was ich Ihnen jetzt sagen werde, geht mich nichts an, und ich hätte volles Verständnis dafür, wenn Sie mich rauswerfen und mir den Auftrag wieder entziehen.«

Die alte Dame sah mich entsetzt an. »Aber …« Sie schnappte nach Luft.

Ich hoffte, dass sie nicht vor Schreck einen Infarkt erleiden und tot umfallen würde. Dann wäre das Gegenteil von dem geschehen, was ich eigentlich hatte erreichen wollen. Ich legte ihr die Hand auf den Unterarm. »Es gibt keinen Grund zur Aufregung. Hören Sie mir bitte erst einmal zu.« Ich hatte mir auf der Herfahrt einen Text zurechtgelegt, der mir beim Anblick der ängstlichen Frau völlig entfallen war. »Zunächst einmal würde ich gern wissen, ob Sie nicht einige Stücke behalten wollen. Ich meine, dort, wo Sie hingehen, müssen Sie sich doch auch einrichten, und da wäre es sicher schön, einige vertraute Dinge um sich zu haben.«

Sie schüttelte den Kopf. »Nein, ich denke, dort wo ich hingehe, werde ich nichts brauchen. - Ich würde mir nur etwas Möbliertes nehmen.«

Ich nickte. »Verstehe.« Tatsächlich machte ich es im Augenblick auch nicht anders. Abgesehen von dem, was Jonas beim Ausräumen kaputt gemacht hatte, war das meiste in der Wohnung zurückgeblieben, und ich wohnte jetzt möbliert. Also konnte ich ihr schlecht etwas entgegenhalten. Und genauso wie Frau Silberling hatte ich recht überstürzt mein bisheriges Zuhause verlassen und war bereit, künftig in einer völlig neuen Umgebung zu leben. Vielleicht hatte ich mich also geirrt und lag völlig falsch.

»Haben Sie denn schon eine Idee, wohin Sie gehen wollen?«

»Wohl in eine schicke Seniorenanlage, so etwas, wissen Sie? Ein bisschen mehr in der Stadt. Hier draußen kommt ja niemand her.« Sie machte Anstalten sich zu erheben. »Soll ich uns nicht doch etwas zu trinken holen?«

»Nein, vielen Dank, Frau Silberling. Wirklich nicht.« Ich musste mir allmählich mal etwas einfallen lassen, um sie zum Reden zu bringen. »Früher hatten Sie hier Personal?« fragte ich. »Ich meine nur, weil Jonas etwas von Personalräumen erzählte.«

»Ach ja, wir hatten die Agnes, die war unsere Haushälterin.« Frau Silberling lächelte und setzte sich ein Stück zurück, bis sie sich anlehnen konnte. So entspannt wirkte sie ganz anders, und man konnte sehen, dass sie früher eine schöne Frau gewesen sein musste. »Sie war unermüdlich, hat den Haushalt ganz allein geführt. Nur wenn Großputz war oder wir Gesellschaften hatten, dann hat sie sich Hilfe aus dem Dorf geholt. Ich habe ihr immer angeboten, dass wir gern dauerhaft eine junge Frau einstellen könnten, aber das wollte sie nicht. Vielleicht hatte sie Angst, dass sie überflüssig wird.«

»Sie haben Gesellschaften gegeben?« Ich erinnerte mich an einen schönen Saal im Obergeschoss, in dem eine lange Tafel stand.

»Ja, mein Mann hatte durch seinen Beruf sehr viele gesellschaftliche Verpflichtungen, und es kamen häufig Geschäftspartner mit ihren Ehefrauen. Wie in alten Zeiten haben sich die Männer nach dem Essen in die Bibliothek zurückgezogen und wir Damen in den Salon.«

Das klang nach einer schönen alten Zeit. »Sie hatten viel Freude an diesen Festen, oder?«

»Sehr viel. Wir sind auch viel gereist und haben alle diese Menschen dann besucht. Wir waren in Südamerika, in New York, ach überall.«

»Haben Sie Kinder, Frau Silberling?«

Sie schüttelte den Kopf. »Nein, leider nicht.« Sie knispelte an ihrem Rocksaum. »Ich hätte gern welche gehabt. Aber meine Schwester hat zwei Mädchen, die waren früher häufig zu Besuch bei uns. Aber die Inge, meine Schwester, die lebt ja auch nicht mehr.«

Es war nicht schön, alt zu werden. Man wurde schnell einsam, und da nützte dann auch so ein wunderschönes Haus nichts mehr. Ohne andere Menschen, die man liebte, war es nur eine leere Hülle. Ich stand auf. »Vielen Dank dafür, dass Sie so offen waren, Frau Silberling. Ich werde Jonas sagen, dass er morgen zu Ihnen kommen und mit der Räumung beginnen soll.« Ich reichte ihr die Hand. »Ist das in Ordnung?«

Ihre Hand war kalt. »Ja, das ist in Ordnung.« Es klang ein wenig zögerlich.

In der Tür wandte ich mich noch einmal zu ihr um. »Und wenn noch etwas ist, rufen Sie mich bitte an. Jederzeit. Meine Karte haben Sie doch noch?«

Frau Silberling zog wieder ihre Stola zusammen. »Die habe ich noch. Vielen Dank für Ihren Besuch, Frau Hansen.«

»Gern.« Wie sie so zierlich in der Tür stand und in der kalten Winterluft fröstelte, konnte ich mir nichts Besseres für sie vorstellen, als einen warmen Platz in einem muckeligen Seniorenwohnheim.

Jonas hatte es geschafft, alles unfallfrei vom Flur in die Zimmer zu bringen. Stolz berichtete er, dass dabei nichts zu Bruch gegangen war.

»Super«, lobte ich ihn. »Ich werde es mir mal ansehen. Kannst du noch ein wenig im Laden bleiben?«

»Ja klar, ist doch meine Aufgabe.«

Das war eine echt kurze Antwort, und ich ging schnell nach oben, bevor ein Redeschwall folgte. Jonas erwies sich als sehr geschickt beim Einrichten. Selbst die hellblaue Kommode hatte er so gut zwischen einem Sekretär und einem niedrigen Regal eingepasst, dass sie kaum ins Auge fiel. Noch hatte ich keine Nacht hier oben verbracht, aber ich konnte mir vorstellen, dass man in Hermann Habenichts Bett besser schlief als in dem Ohrensessel im Laden. Ich war ziemlich durcheinander nach diesem Gespräch mit der einsamen Frau Silberling, und ich hoffte sehr, dass ich von diesen trüben Gedanken keine Alpträume bekam.

★

Am Abend legte ich mich in das von Jonas frisch bezogene Bett von Hermann Habenicht. Mein Gehilfe hatte einen leckeren Sahnetoffee auf mein Kopfkissen gelegt, auf dem ich herumlutschte, während ich die Decke betrachtete. Die Matratze war gut, nicht zu hart und nicht zu weich, und die Bettdecke, voluminös und voller weicher Daunen, weckte in mir den Wunsch danach, einzuschneien und erst nach einem langen Winterschlaf wieder aufzuwachen. Das waren aufregende Tage gewesen. Erst am Nachmittag war etwas Ruhe eingekehrt, und ich hatte Zeit gefunden, mich den Papieren auf und in dem Schreibtisch im Laden zu widmen.

Es waren unzählige Ordner und eine unendliche Zahl nicht bearbeiteter und nicht abgelegter Schreiben, und immer wenn ich dachte, endlich alles erfasst zu haben, entdeckte ich eine weitere Klappe oder ein weiteres Fach in den unendlichen Tiefen des Schreibmöbels. Jonas hatte währenddessen Kunden bedient, von denen sich gar nicht mal wenige in unseren Laden verirrten und sogar etwas kauften. Jonas überflutete sie - wie es seine Art war - mit Informationen und war immerhin erfolgreich mit seiner ungewöhnlichen Verkaufsberatung. Aber wer weiß, vielleicht hätten die Leute ohnehin etwas gekauft – nur hätte es nicht so lange gedauert. An Herrn Habenichts Nachlass hatte ich keinen Haken feststellen können. Sein Kontostand war okay, jedenfalls deutlich besser als mein eigener, wozu nicht viel gehörte, und ich war auf keine einzige Mahnung gestoßen. Trotzdem hättest du das natürlich als erstes prüfen müssen, mahnte Georgs Stimme in meinem Hinterkopf. Georg. An ihn hatte ich in diesen Tagen eher weniger gedacht. Er passte irgendwie nicht so richtig in diese verrückte Welt. Dazu war er viel zu vernünftig. Dabei hatte ich wirklich liebenswürdige Menschen kennengelernt. Allen voran Jonas - und natürlich ging mir Frau Silberling nicht aus dem Kopf. Ich stellte sie mir vor, wie sie ganz allein in ihrem fünfzehn-Zimmer-Haus im Bett lag und ebenfalls an die Decke starrte. Ich hatte kein Stück Weihnachtsschmuck bei ihr gesehen. Diese Frau war unglücklich. Sie konnte all die Pracht um sich herum nicht richtig genießen. Natürlich müsste sie woanders leben, irgendwo, wo Menschen um sie herum waren. Ich grübelte so vor mich hin, und irgendwann muss ich eingeschlafen sein, ohne zu ahnen, dass es eine unruhige Nacht werden würde. Das erste Mal wachte ich um halb zwei auf. Das heißt, ich wurde grausam geweckt. Eine Diesellok durchbrach das Mauerwerk im Obergeschoss, durchquerte den Raum und verschwand mit demselben Krach durch die gegenüberliegende Wand – jedenfalls klang es so. Ich saß senkrecht im Bett, mein Herz schlug wild. Ich lauschte eine Weile, aber als es still blieb, sank ich zurück in die Kissen. Es dauerte keine fünf Minuten, bis der Gegenzug kam. Ich schlug die Bettdecke zurück, packte meinen Bademantel und stieg ins Dachgeschoss hinauf. Ohne zu klopfen trat ich ein. Die Wohnung war hell erleuchtet, überall standen Möbel und Kartons herum. Inmitten des Chaos stand Jonas und kratzte sich am Kinn.

»Oh hallo. Was meinen Sie? Ich hatte das Bett erst an der Ostseite stehen, aber da gibt es keine guten Schwingungen. Aber hier drüben wollte ich eigentlich den Tisch aufstellen. Deshalb dachte ich, dass sich das Bett vielleicht ganz gut …«

»Unters Dachfenster!« bellte ich.

Er sah mich an, er sah das Bett an, dann wieder mich. »Genial! Fassen Sie mal mit an?«

Es hebt die Laune ungemein, wenn jemand Sie nachts um halb zwei als genial bezeichnet. Bei mir reichte es jedenfalls dazu aus, mit meinem Mitbewohner mitten in der Nacht Möbel zu rücken. Als wir damit fertig waren, ließ sich Jonas aufs Bett fallen, sah in den Sternenhimmel und war eingeschlafen, ehe ich die Wohnung verlassen hatte. Ich löschte das Licht und kehrte in mein eigenes warmes Bett zurück.

Das zweite Mal wachte ich um viertel vor vier auf. Was hast du dir da nur für einen saublöden Schwachsinn zusammengereimt, beschimpfte ich mich selbst, während ich mir Socken anzog. Jonas lag immer noch in derselben Position im Bett und war schwer wachzukriegen.

»Was'n los?«

»Anziehen! Mitkommen! Dalli!« Ich warf ihm einen Pullover zu. »Es ist wichtig und eilig. Ich betone das *und*.«

Tatsächlich saß er im Nullkommanichts neben mir auf dem Beifahrersitz, war aber offenbar zu sehr damit beschäftigt wach zu werden, um zu fragen, wohin die nächtliche Reise ging oder warum ich den Witterungsverhältnissen unangepasst durch die Nacht raste.

32

Als das Herrenhaus vor uns auftauchte, kniff Jonas die Augen zusammen. Offenbar war er inzwischen wach. Der Transporter schlitterte über den schneebedeckten Kies und prallte leicht gegen den Blumenkübel, als ich ihn vor dem Haus zum Stehen brachte.

Ich sprang raus. »Nimm zwei Taschenlampen aus dem Handschuhfach. Du gehst links ums Haus, ich rechts.«

»Um was zu tun?« fragte Jonas verdattert.

»In die Fenster gucken, natürlich.«

Jonas fixierte die Eingangstür. »Sollten wir nicht lieber …«

»Nein!« Ich entriss ihm eine der Lampen. »Los jetzt!«

Gehorsam setzte er sich in Trab. Das Herrenhaus lag still und dunkel da, hier draußen ging kein Licht an. Nur mit dem schwachen Licht der Taschenlampe ausgerüstet stolperte ich ums Haus herum. Die Küche lag nach hinten raus. Ich entdeckte Frau Silberling am Küchentisch, ihr Kopf lag auf der Tischfläche. Auf dem Tisch stand eine Wasserflasche, daneben lag eine Tablettenschachtel. Als ich die Glasscheibe der Hintertür einschlug, eilte Jonas herbei.

»Notarzt!« schrie ich und stürmte in die Küche.

»Was haben Sie eigentlich um fünf Uhr früh hier draußen gemacht?« Jedes Wort des Notarztes wurde von einer Atemwolke in der kalten Nachtluft begleitet.

»Um Viertel nach vier«, korrigierte ich, um einer Antwort auszuweichen. Stattdessen fingerte ich an der Infusionsflasche herum, aus der eine lebenserhaltende Flüssigkeit in die dünnen Venen der blassen Frau Silberling tropfte.

Unwirsch schob der Notarzt mich beiseite. Gleich bei seinem Eintreffen hatte ich ihn gefragt, ob die alte Dame wieder auf die Beine kommen würde. Nachdem er ihr in die Augen geleuchtet und einige Geräte an ihr ausprobiert hatte, nickte er. Jetzt lag sie auf einer Trage, die gerade in den

Notarztwagen geschoben wurde, dessen Blaulicht über die Fassade und die Büsche flackerte.

»Hatten Sie Kenntnis davon, dass die Frau suizidale Absichten hegte?«

Ich ließ mir jedes Wort auf der Zunge zergehen, ehe ich den Kopf schüttelte. »Es liegt keine Selbsttötungsabsicht vor«, erklärte ich hoheitsvoll. »Frau Silberling klagte heute früh über Schmerzen, weshalb ich noch einmal nach ihr sehen wollte, und ich denke, sie hat sich in der Schachtel und in der Anzahl der Tabletten versehen.«

Der Notarzt sah mich an. Ich hielt seinem Blick stand und zog die linke Augenbraue ein wenig hoch. »Nur Schmerzen«, wiederholte ich. »Nichts als Schmerzen.«

Zwischen uns entspann sich ein unausgesprochener Dialog. Eine alte Dame, allein in einem riesigen Haus, eine ganze Schachtel Schlaftabletten intus. Man konnte die geschlossene Abteilung laut rufen hören.

»Und Jonas und ich kümmern uns ja um die alte Dame«, fügte ich hinzu.

Jonas nickte so heftig, dass ihm die Mütze über die Augen rutschte.

»Wegen der Schmerzen«, ergänzte ich.

Der Notarzt stieg durch die hintere Klappe in den Notarztwagen. »Gut.« Dann schloss er die Tür.

Ich würde sobald wie möglich im Krankenhaus auf der Matte stehen.

★

Die leckeren Croissants, die Jonas morgens mitbrachte, gab es in der Bäckerei schräg gegenüber dem Laden. Die rot weiß gestreifte Markise war dem Winterwetter zum Trotz ausgefahren und bog sich unter der Last des Neuschnees. Drinnen war es so warm und gemütlich, dass ich die kleine Bäckerei sofort zu meinem zweiten Lieblingsplatz gleich nach Hermann Habenichts Bett erkor.

»Guten Morgen«, grüßte mich die junge Frau hinter dem Tresen, in dem eine verführerische Auswahl an Törtchen, Keksen und Gebäck lag.

»Hallo, ich hätte gern drei Croissants.«

»Gern.« Sie steckte drei Croissants in eine Papiertüte. »Darf ich Sie was fragen?«

»Natürlich.« Ich war nur halb bei der Sache, weil ich mit einer ausgesprochen faszinierenden Auswahl von kleinen runden Keksen mit einem Klecks roter Marmelade in der Mitte liebäugelte.

»Sie sind doch die neue Besitzerin vom Zauberladen, oder?«

Ich sah sie an. »Zauberladen?«

»Na, der Laden vom Herrn Habenicht.« Sie wies über die Straße.

Tatsächlich hatte das Geschäft keinen Namen; ich war noch nicht dazu gekommen, darüber nachzudenken. Zauberladen war jedenfalls schon mal eine passende Bezeichnung. Ich streckte die Hand über den Tresen. »Bin ich. Nele Hansen.«

»Susi Blohm.« Sie schüttelte mir mit kräftigem Griff die Hand. »Freut mich. Jonas hat mir schon viel von Ihnen erzählt.«

»Kann ich mir denken.«

Sie grinste. »Tja, der Jonas verwendet so viele Wörter wie es sonst nur Frauen nachgesagt wird.« Susi legte die Brötchentüte auf den Tresen. »Es freut mich, dass Sie das Geschäft übernommen haben. Unserer kleinen Gasse würde etwas fehlen, wenn es den Laden nicht mehr gäbe. Ich wohne über der Bäckerei, und wenn ich morgens sehr früh aufstehe, gehe ich immer ans Fenster und sehe hinüber. Wenn ich die funkelnden Lichter im Schaufenster sehe, geht es mir gleich gut.«

Ich drehte mich um und blickte durch das Schaufenster hinüber. Der Laden sah wunderschön aus von hier, und ich erinnerte mich daran, wie ich das erste Mal davor gestanden hatte. Es stimmte. Ich war damals auch verzaubert gewesen. Damals. Es war erst zwei Tage her, und seitdem war mein Leben total umgekrempelt.

»Er ist wirklich schön«, bestätigte ich. »Ich muss mir noch Gedanken darüber machen, ob ich ihm nicht mal einen Namen geben soll.«

Susi legte den Kopf schief. »Ich habe mich immer gefragt, warum Herr Habenicht seinem Laden keinen Namen gegeben hat. Aber was soll's, es ging jahrzehntelang ohne.«

»Haben Sie ihn gut gekannt?«

Sie schüttelte den Kopf. »Er verließ sein Geschäft so gut wie nie. Ganz selten kam er mal rüber, aber meistens hat er Jonas geschickt.«

»Hat er immer allein da drüben gelebt?«

»Ja, solange ich hier bin, war er allein. Als ihn die Kräfte ein wenig verließen, hat er Hilfe gesucht und Jonas eingestellt. Aber er war niemals verheiratet und hat keine Kinder.« Sie schwieg nachdenklich. »Der alte Mann war ein merkwürdiger Kauz, aber eine Seele von Mensch. Für jeden hatte er ein offenes Ohr, er war hilfsbereit und hat die Probleme der anderen schon kommen sehen, ehe sie aufgetaucht sind.«

Ich war eine der ersten Kundinnen, allmählich versammelten sich weitere Frühaufsteher in der kleinen Bäckerei. Ich nahm eine Tüte von den Keksen mit Marmeladenklecks, bezahlte und ging hinüber in den Laden. Ich bereitete den Tee für Jonas vor und legte einen Croissant auf einen Teller, dann biss ich in meinen Croissant und setzte mich in den Transporter. Auf dem Weg ins Städtische Krankenhaus verputzte ich mein Exemplar zur Hälfte und krümelte den ganzen Fußraum voll. Ich fragte mich zu dem richtigen Zimmer durch und atmete tief ein, ehe ich leise an die Tür klopfte. Frau Silberlings bleiches Gesicht hob sich kaum von der weißen Krankenhausbettwäsche ab. Ihr Frühstück auf dem Tabletttisch war unberührt.

»Hallo Frau Silberling.« Ich stellte mich dicht neben das Bett und ergriff ihre kalte Hand.

»Ach, meine Liebe.« Die alte Dame drehte den Kopf. »Es ist schön, Sie zu sehen.«

»Tatsächlich?« entfuhr es mir. Schließlich hatte ich sie davon abgehalten, ihrem Leben ein Ende zu setzen. Oder vielleicht gerade deshalb? Ich zog mir einen Stuhl heran.

»Das war wohl eine ziemliche Dummheit von mir«, stellte sie mit schwacher Stimme fest.

Ich legte die Brötchentüte auf die Bettdecke, damit ich beide Hände frei hatte, um ihre Hand zu umfassen. »Frau Silberling. Das, was Sie da gemacht haben, war in mehrfacher Hinsicht gefährlich. Darüber sollten wir uns auch nochmal unterhalten.« Ich sah unruhig zur Tür. »Aber im Augenblick ist es wichtig, dass Sie niemandem sagen, dass Sie das absichtlich gemacht haben. Die offizielle Erklärung lautet: Sie hatten Schmerzen, wollten Schmerztabletten nehmen, haben sich bei der Schachtel vertan und zu viele Pillen geschluckt.«

Sie sah mich überrascht an und hob dann den Kopf ein wenig höher. »Und die glauben das?«

»Das ist egal, Frau Silberling, wir wollen das auch lieber nicht herausfinden. Es kommt nur darauf an, dass wir bei dieser Variante bleiben. Beide. Sie und ich.« Ich sah sie eindringlich an.

»Ist das ein Problem, wenn ich davon erzähle?« fragte sie ängstlich.

Ich nickte. »Ich fürchte schon. Wenn einer der Ärzte davon erfährt, dass Sie Ihrem Leben ein Ende setzen wollten, werden sie Sie unter Beobachtung stellen.« Nachdem ich diese Worte ausgesprochen hatte, kam mir der Gedanke, dass das vielleicht gar keine schlechte Maßnahme war. Möglicherweise wagte ich mich viel zu weit vor auf einem Gebiet, auf dem ich keine Ahnung hatte. Und vielleicht übernahm ich hier zu viel Verantwortung für etwas, das ich gar nicht überblicken konnte. »Sie werden das doch nicht wieder tun, oder?« fragte ich.

Sie seufzte so schwer, als laste ein sehr, sehr großer Felsbrocken auf ihrem Herzen.

»Vielleicht könnten Sie mir versprechen, mir vorher Bescheid zu sagen. Dann hätte ich wenigstens Gelegenheit, rechtzeitig etwas zu unternehmen.«

»Sie haben natürlich recht, meine Liebe. Ich muss zugeben, dass ich sehr verzweifelt war.«

»Aber Sie haben das geplant, oder? Sie wollten das Haus ausräumen und hatten nie vor, irgendwo anders hinzuziehen.«

»Ich habe lange darüber nachgedacht, was ich tun soll. Wissen Sie, sie fehlen mir alle. Vor allem natürlich mein Mann. Ohne ihn ist mein Leben so leer. Er war lustig und klug, wir haben uns wunderbar verstanden. Ich habe nie einen anderen Mann kennengelernt, der so viel wusste. Wussten Sie zum Beispiel, dass sich ein Viertel der menschlichen Knochen in den Füßen befindet?«

»Nein, wusste ich nicht. Hören Sie, Frau Silberling, hier kommt bestimmt gleich irgendeine furchteinflößende Oberschwester rein und schmeißt mich raus. Also, passen Sie auf: Nachher kommt Jonas, mein Mitarbeiter. Jonas ist Ihr Enkel. Verstehen Sie? Und ich bin …« Verdammt, ich hatte mir keine Gedanken darüber gemacht, wer ich sein wollte. »Ist auch egal. Irgendwer. Jedenfalls sind Sie nicht allein. Verstehen Sie? Nicht. Allein. Wir zwei sind immer um Sie rum und machen uns Gedanken und Sorgen um Sie. Und das müssen Sie den Leuten hier sagen.«

»Verstehe.« Frau Silberling schien allmählich Gefallen an dieser Verschwörung zu finden.

»Und dann müssen wir uns noch überlegen, unter welchen Schmerzen Sie leiden. Sie haben nicht zufällig irgendwelche Schmerzen?«

»Kindchen, Sie haben ja keine Ahnung. Es geht am schnellsten, wenn ich Ihnen aufzähle, was mir nicht weh tut.«

»Gut, ich meine, schlecht. Also, wofür wollen wir uns entscheiden?«

»Die Knie«, stöhnte Frau Silberling und winkelte die Beine an. »Oder besser noch der Rücken.« Sie fasste sich ans Kreuz. »Ja, wir nehmen den Rücken.«

38

»Also hatten Sie Rückenschmerzen und wollten Schmerztabletten nehmen. Alles klar?«

Zum ersten Mal seit ich sie kennengelernt hatte, lächelte die alte Dame. »Alles klar.«

»Gut.« Ich packte den Croissant aus und legte ihn neben die trockene Scheibe Graubrot auf ihren Teller. »Den essen Sie jetzt und trinken dazu Ihren Kaffee, damit Sie bei Kräften bleiben. Die können ja gerne mal Ihren Rücken untersuchen, um Ihren Schmerzen beizukommen, aber danach wollen Sie wieder nach Hause.«

»Richtig.« Sie schob sich in die Höhe und setzte sich auf. Ich drehte das Tablett zu ihr hin, und Frau Silberling schnitt den Croissant auf, füllte den gesamten Inhalt der abgepackten Portion Erdbeermarmelade hinein und biss herzhaft zu.

»Schön«, sagte ich. »Brauchen Sie irgendetwas von Zuhause? Jonas muss nachher sowieso nochmal hin, weil der Glaser kommt, um die Scheibe zu ersetzen, die ich zerschlagen habe.«

»Hm. Vielleicht meine Stola. Ist ein bisschen kalt an den Schultern, wenn ich hier so sitze.«

»Gut, sage ich ihm.« Ich erhob mich. »Wenn etwas ist, rufen Sie mich im Laden an, versprochen?«

»Versprochen.« Sie sah mich ernst an.

»Wir versuchen mal, ob wir es nicht schaffen, dass Sie doch weiterleben wollen. Und wenn alle Stricke reißen, probieren Sie das mit den Tabletten eben noch mal«, sagte ich, und sie musste lachen. Im Augenblick jedenfalls hatte ich keine Angst davor, dass die alte Dame in nächster Zeit noch einmal den Versuch unternehmen würde, sich das Leben zu nehmen.

»Warum wollten Sie eigentlich vorher noch Ihr Haus ausräumen?« fragte ich, als ich bereits an der Tür war.

»Naja, ich dachte, es ist für all die schönen Dinge angenehmer, wenn sie in gute Hände kommen als wenn sie einfach zurückgelassen werden.«

Zu diesem Zeitpunkt irritierte mich ihre Antwort noch. Später konnten mich Mitteilungen dieser Art nicht mehr erschüttern.

Gerade als ich die Hand auf die Türklinke legte, wurde die Tür von außen geöffnet. Vor mir stand keine grässliche Oberschwester, sondern der attraktivste Halbgott in Weiß, den ich jemals gesehen hatte. Groß, nicht zu dünn, nicht zu dick, schwarzes welliges Haar und schokoladenbraune Augen.

»Hoppla«, sagte der Halbgott.

»Uups«, machte ich. Eine geistreiche Unterhaltung für eine erste Begegnung.

Das Schild auf seinem Kittel verriet, dass vor mir Dr. A. Liebermann stand. Ich ließ ihn eintreten, weil er hier ja zu tun hatte.

»So früh am Morgen schon Besuch?«

»Brötchendienst, von diesem Graubrot kriegen Ihre Patienten Falten.«

»Tatsächlich?« Er kratzte sich am Kinn. Er wandte sich Frau Silberling zu. »Und wie geht es Ihnen?«

»Ausgezeichnet«, log die alte Dame verabredungsgemäß.

»Abgesehen von ihrem Rücken«, ergänzte ich.

»Richtig. Mein Rücken tut ziemlich weh«, sagte Frau Silberling und schob sich den Rest des Croissants in den Mund.

Dr. Liebermann sah von mir zu ihr.

Ich zerknüllte die Papiertüte und warf sie in den Mülleimer. »Ich sehe heute Abend nochmal rein, bis später.«

»Bis später«, rief sie vergnügt.

Ich war hundemüde, als ich in den Laden zurückkehrte. Jonas hatte bereits gefrühstückt, sein Geschirr schon abgewaschen, und er bediente eine erste Kundin, die sich unsere Auswahl an Weihnachtskugeln vorführen ließ. Es war merkwürdig. Wir verkauften unendlich viele von den schönen Kugeln in Weiß, dunklem Rot oder Blau, die mit funkelnden Engelsbildern verziert waren, aber unser Vorrat schien unerschöpflich zu sein. Ich musste Jonas unbedingt danach fragen, wo sich unser Lager befand, damit ich auch allein zurechtkommen würde. Nachdem er für die Kundin sechs Kugeln bruchsicher in einem Karton verpackt und sie zur Tür gebracht hatte, kam er auf mich zu.

»Jonas, du musst jetzt zu Frau Silberlings Haus fahren. Nachher kommt der Glaser, um die Glasscheibe in der Hintertür zu reparieren und außerdem braucht Frau Silberling ihre Stola. Die bringst du ihr anschließend ins Krankenhaus und bleibst ein bisschen bei ihr.«

»Und der Laden?« fragte er besorgt.

»Ich versuche mal, allein damit klar zu kommen.« Es klang wohl nicht sehr überzeugend, und er wirkte nicht besonders zuversichtlich, aber irgendwann musste es ja mal sein. »Und nimm Weihnachtsschmuck mit, damit Frau Silberling ihr Herrenhaus ein bisschen weihnachtlich geschmückt vorfindet, wenn sie nach Hause kommt.«

»Alles klar, wird gemacht.« Jonas zog sich Mantel, Schal und Mütze an und verschwand durch die Hintertür.

Ich schob das Buch zurück, das sich schon wieder vorwitzig aus seiner Reihe hervorgewagt hatte, und stellte mich dann an die Ladentür und sah in den Schnee hinaus. »Ha!« Mir war noch etwas eingefallen. Schnell lief ich Jonas hinterher.

Ich riss die Fahrertür des Transporters auf. »Du musst noch ihr Adressbuch suchen!« trug ich ihm auf.

Er hob die Augenbrauen.

»Ist für einen guten Zweck. Machst du das?« fuhr ich fort, ehe er etwas von Privatsphäre und Datenschutz einwenden konnte.

Jonas startete den Motor. »Wenn es für einen guten Zweck ist, immer.«

Ich kehrte in den Laden zurück und sah in die Gasse hinaus, in der sich die Passanten durch den knöchelhohen Schnee kämpften. Auf der gegenüberliegenden Straßenseite, zwei Häuser neben der Bäckerei war ein Juwelier, dessen funkelnde Auslage es mit meinem Schaufenster aufnehmen konnte. Allerdings wurde dort abends das Licht ausgeschaltet und ein Scherengitter heruntergelassen, während mein Laden auch nachts funkelte.

Nach ein paar Minuten kam eine Dame, die einen kleinen Beistelltisch für ihr Sofa suchte. Wir fanden einen passenden Tisch hinten in der Ecke des Ladens. Ich verpackte ihn, und kaum hatte die Kundin den Laden verlassen, erschien der nächste Kunde. Und so ging es den ganzen Vormittag. Ich war stolz darauf, dass kein Kunde mit leeren Händen ging. Für jeden und für jeden Wunsch fand sich etwas in dem schier unermesslichen Fundus. Das Merkwürdige war, dass sich in den dekorierten Sachen keine Lücken zeigten, wenn ich etwas herausgenommen hatte. Selbst der Beistelltisch hinterließ keine leere Fläche. Es sah immer alles wohldurchdacht und geordnet aus.

Gegen Mittag war ich ziemlich kaputt. Ich hätte mir gern von Susi Blohm eine Kleinigkeit zu essen geholt, aber ich war zu müde und zu faul, um hinüberzugehen. Erst einmal würde ich ein kleines Päuschen machen. Diesmal setzte sich mich in den dunkelroten Ohrensessel, damit ich mir nicht beim Aufstehen wieder den Kopf am Vogelkäfig stieß. Es dauerte keine Sekunde, und ich war eingeschlafen. Wie lange ich geschlafen hatte, weiß ich nicht, aber ich schrak hoch, als die Türglocke hysterisch bimmelte und jemand laut heulend wie ein Wolf in den Laden stürzte. Ich sprang auf und stieß mir das Knie an einer Kommode.

»Aua.« Ich rieb mir das Knie und sah mich nach dem Eindringling um.

Ein Engel stand im Laden. Eine junge Frau mit langen goldenen Locken, in einen eleganten Mantel gehüllt, und heulte sich die Augen aus dem Kopf. Ich ging zu ihr hin und berührte ihre Schulter.

»He«, sagte ich leise. „Was ist denn los?"

Ein unverständlicher Wortschwall brach aus ihr heraus, unterbrochen von Schluchzen, Kieksern und Hicksern.

»Kommen Sie, wir setzen uns und trinken eine Tasse Tee.«

Zu dem Tee stellte ich einen Teller mit den Keksen mit Marmeladenklecks von Susi Blohm. Die schmeckten genauso gut wie sie aussahen. Ich hatte schon drei Stück verputzt, bis mein Gegenüber sich endlich beruhigte. Mit zitternder Hand umfasste sie ihre Teetasse. »Entschuldigen Sie, dass ich so hysterisch war.«

»Kein Problem. Sie werden Ihre Gründe haben.«

»Allerdings!« sagte sie unerwartet grimmig. Plötzlich erschien sie mir nicht mehr ganz so liebreizend wie im ersten Moment.

Ich nahm einen Schluck Tee und warf einen vorsichtigen Blick auf die untere Leiste des Bücherregals. Ich hoffte, dass sich die Maus heute nicht zu uns gesellen würde. Nach meiner Einschätzung legte die elegante junge Frau keinen Wert auf tierische Gesellschaft. In ihrem verheulten Gesicht waren die Reste eines aufwendigen Makeups zu erkennen, und auch ihre Kleidung verriet Geschmack und Geld. Sie streckte mir eine Hand mit ziemlich vielen goldenen Ringen entgegen.

»Katharina Schröder. Dr. Katharina Schröder.« Ich ergriff die Hand, auch wenn der Engel nach dieser Vorstellung ein paar seiner engelsgleichen Pluspunkte eingebüßt hatte. Eben noch hatte sie wie ein völlig verschrecktes Mädchen gewirkt, jetzt trat sie wie eine Businesslady auf. Ich hoffte sehr, dass sie nicht beabsichtigte, eine Steuerprüfung bei mir durchzuführen. Kurz darauf ließ die Anspannung bei ihr wieder nach. »Sagen Sie einfach nur Katharina«, sagte sie erschöpft.

»Nele.«

Sie sah sich um. »Das ist ein toller Laden. Haben Sie mal daran gedacht, Filialen zu eröffnen? Vielleicht im Franchisesystem?«

Mir wurde ein bisschen heiß. War die Dame doch vom Finanzamt oder einer ähnlich unangenehmen Behörde? »Nein.«

»Würde sich lohnen. Wenn Sie wollen, entwerfe ich Ihnen gern mal ein Konzept.«

»Vielleicht später.«

Wir schwiegen eine Weile. Ich fragte mich, was die junge Frau in meinen Laden geführt hatte. Jedenfalls hatte sie in den letzten Minuten eine komplette Wandlung ihrer Persönlichkeit hingelegt.

Sie stellte die Teetasse ab und lehnte sich zurück. »Wirklich schön hier.«

Ich sah sie prüfend an. Sie machte eigentlich nicht den Eindruck, als wäre sie vom Zauber des Ladens ergriffen wie es mit jedem anderen Menschen geschah, der ihn betrat. Dazu war sie irgendwie zu – sachlich. Und zu geschäftsmäßig. Alles in allem erinnerte sie mich von ihrem Wesen her an Georg. Immerhin hatte sie sich wieder beruhigt, und während ich überlegte, ob ich sie nach der Ursache ihres Gefühlsausbruchs befragen sollte, fuhr sie mit den ausgestreckten Zeigefingern unter ihren Augen entlang. »Ich sehe wahrscheinlich schrecklich aus.«

Das Schlimme war, dass sie trotz verschmierten Makeups immer noch schön aussah. Ich hätte viel darum gegeben, überhaupt jemals so auszusehen. Ich schaffte es immer nur bis zu einem Schminkunfall, dessen Spuren ich dann mit einem Kleenex entfernte, um schließlich ungeschminkt aus dem Haus zu gehen. »Möchten Sie sich vielleicht frisch machen?« Ich deutete auf die Tür im Bücherregal, die ins Treppenhaus führte. »Dort geht es zum Bad.«

»Ja, vielleicht sollte ich es kurz aufsuchen, und dann werde ich Ihnen auch nicht länger die Zeit stehlen.«

Ich sah ihr nach, während sie durch die Tür verschwand. Dr. Katharina Schröder war wirklich vollständig immun gegen den Zauber des Ladens. Seit ich ihn das erste Mal betreten hatte, war sie der erste Mensch, der sich nicht völlig darin verlor und Zeit und Raum vergaß. Gedankenverloren steckte ich mir noch einen Keks in den Mund. Ich musste ein wenig auf meine Ernährung achten. Auf Dauer konnte der Genuss von Croissants und Keksen nicht gesund sein. Die Ladenglocke rief mich in die Realität zurück. Im Gang stand ein junger Mann im schwarzen Kurzmantel, einen grauen Kaschmirschal elegant um den Hals geschlungen, und schüttelte sich den Schnee aus dem blonden Haar.

»Hallo.« Er hatte eine schöne Stimme.

»Hallo.«

»Es mag Ihnen etwas merkwürdig vorkommen, aber haben Sie vielleicht eine junge Frau hier hereinkommen sehen? Mit blondem Haar?«

Ich kniff die Augen zusammen. Dieser Mann war ganz klar auf der Suche nach Dr. Katharina Schröder. Ich konnte mir allerdings nicht vorstellen, dass er die Ursache für ihren Heulanfall gewesen war. Dieser Mann war einfach zu göttlich, um sich über ihn zu grämen. Oder vielleicht gerade deshalb?

»Ja, sie war hier«, antwortete ich möglichst unbestimmt.

»Hm.« Er versenkte die Hände tiefer in den Manteltaschen. »Wissen Sie, wir waren drüben beim Juwelier, und ich fürchte, ich habe etwas Falsches gesagt. Jedenfalls ist sie wütend hinausgestürzt, und ich habe sie die ganze Zeit gesucht. Ich hätte nicht gedacht, dass sie ausgerechnet in Ihren Laden hineingehen würde.«

Mit diesen Worten machte er sich ein ganz klein wenig unbeliebt bei mir, und in mir keimte der Verdacht, dass er sich gegenüber meiner neuen Bekannten möglicherweise doch im Ton vergriffen haben könnte.

»Naja, irren ist menschlich«, antwortete ich, um überhaupt etwas zu sagen.

Er sah sich um. »Dabei haben Sie wirklich einen wunderschönen Laden.« Er griff nach einer silbernen Pferdeskulptur. »Die ist echt toll. Wieviel kostet die?«

Ich war zu überrumpelt, um zu antworten. Zum einen, weil er das Thema so schnell gewechselt hatte, zum anderen, weil ich keine Vorstellung hatte, welchen Preis ich verlangen sollte. Mit einem Lächeln nahm ich es ihm aus der Hand und warf einen Blick auf den Aufkleber unter dem Fuß. Glücklicherweise war es ausgeschildert, und ich nannte ihm den Preis.

»Ich nehme es.«

»Äh, ja, natürlich. Ich werde es in Seidenpapier einpacken.« Das hier war ein etwas merkwürdiges Verkaufsgespräch, und ich hoffte, dass Frau Dr. Schröder nicht gerade jetzt aus dem Bad zurückkehrte.

Die Hoffnung erfüllte sich nicht.

Katharina sah wunderschön aus. Sie hatte ihre Augen frisch geschminkt und ihre goldenen Haare gebürstet. Als sie den jungen Mann erblickte, blieb sie abrupt stehen. Ihre Miene wurde weich, dann sah sie zu mir hinüber, auf die Statue, die ich gerade in das Seidenpapier einwickelte, dann wieder auf ihn.

»Ich glaube es ja nicht!«

»Da bist du ja, mein Engel.« Der junge Mann ging auf sie zu. »Ich habe dich überall gesucht.«

»Das sehe ich. Und weil du dich so furchtbar um mich gesorgt hast, hast du gleich mal die Gelegenheit genutzt, um ein paar Weihnachtseinkäufe zu tätigen.« Sie ging so dicht an ihn heran, dass sich ihre Nasenspitzen beinahe berührten.

»Schatz, ich war auf der Suche nach dir und da fiel mein Blick …«

»Du wirst dich nie ändern!« fauchte sie. »Du wirfst mir die unmöglichsten Dinge an den Kopf und hast fünf Minuten später schon wieder vergessen, dass dir ein Weihnachtsgeschenk für deinen Vater wichtiger ist als unser Verlobungsring, und dann spazierst du hier rein, und machst genau an derselben Stelle weiter?«

»Entschuldige mal, Kati. Eigentlich war es so, dass ich heute Weihnachtsgeschenke kaufen wollte. Du hast mir heute Morgen beim Frühstück eröffnet, dass du eine Stunde deiner kostbaren Zeit erübrigen könntest und geruhst, mit mir Ringe für unsere Verlobung auszusuchen, die du seit mehreren Monaten verschiebst.« Katis Verlobter hatte inzwischen ein wenig von seiner Contenance eingebüßt und war etwas laut geworden.

»Weil ich einen aufreibenden Beruf habe und viel unterwegs bin. Ich weiß nicht, ob dir das aufgefallen ist.«

Der junge Mann machte ein paar Schritte zurück und wandte sich einer Vitrine mit altem Silberbesteck zu. »Ist es, mein Schatz. Ist es. Ich habe häufig und lange genug Zeit festzustellen, dass du durch die Weltgeschichte reist, während ich alleine zuhause herumhocke.«

»Hör auf mit der Selbstmitleidsnummer, Jan. Sie steht dir nicht. Schließlich hast du auch nicht nur einen Halbtagsjob.«

»Es liegt aber nicht an mir, dass wir uns kaum zu Gesicht kriegen, Kati. Heute wäre so ein Tag, und du hast nichts Besseres zu tun als zu streiten.«

»Ich?« Es wirkte bedrohlich, als Kati auf ihn zuging. »Ich?« wiederholte sie mit schriller Stimme. »Du hast die Stirn, mir vorzuhalten, dass ich mit dir streite? Du hast uns den Tag versaut, Jan Wegener. Du ganz allein!«

Dr. Katharina Schröder reckte die Nase in die Luft und stolzierte aus meinem Weihnachtsladen, und sie wirkte dabei kein wenig verzaubert. Ihr Verlobter war einen Augenblick lang verdutzt, aber dann besann er sich, bezahlte die Skulptur, nahm das Päckchen entgegen und verließ den Laden ebenfalls. Ich ging zur Ladentür und musste feststellen, dass ich außer dem Verkauf der Pferdeskulptur in den vergangenen zehn Minuten nichts Nützliches zustande gebracht hatte. Beide verließen den Laden in entgegengesetzter Richtung.

»Alles in Ordnung mit Ihnen?«

Vor mir stand Dr. A. Liebermann, diesmal nicht im Arztkittel, sondern in einer blauen Daunenjacke, und sah mich besorgt an. Ich brauchte einen Moment, um mich an ihn zu erinnern.

»Ist etwas mit Frau Silberling?« fragte ich beunruhigt.

Er ergriff meinen Ellenbogen. »Nein, mit der ist alles in Ordnung. Sie machen mir Sorgen. Sie sehen etwas blass aus um die Nase.«

Tatsächlich fühlte ich mich schwach. »Ich glaube, ich habe heute zu wenig gegessen.«

»Dann wollen wir diesen Zustand schnellstens abändern. Ziehen Sie Ihren Mantel an.«

»Aber ich, der Laden …«

In diesem Augenblick kam Jonas durch die Hintertür herein. »Alles erledigt, Frau Silberling geht es besser. Sie sitzt in die Stola gewickelt im Krankenbett und erzählt von ihrem Mann. Wussten Sie, dass er auch in China war, aber das hätte ich mir denken können, denn ich habe ja das schöne China Bone in ihrem Schrank gesehen, das hat er ihr bestimmt von einer seiner Reisen mitgebracht. Naja, wie dem auch immer sei, hier ist ihr Adressbuch.« Mein Gehilfe blieb mitten im Laden stehen und hielt ein etwas abgenutztes Lederheftchen in der Hand. Es war nicht seine Schuld, dass Frau Silberlings behandelnder Arzt in diesem Augenblick hinter mir stand und Jonas vor ihm unser Lügengerüst zusammenstürzen ließ. Verlegen zog er sich seine Mütze vom Kopf. »Ich leg das mal auf Ihren Tisch«, stammelte Jonas.

Dr. Liebermann lächelte mich entwaffnend an. »Ich denke, wir können uns getrost ein Drei-Gänge-Menü gönnen, der Gesprächsstoff wird uns nicht ausgehen.«

★

Dr. Liebermann kannte ein entzückendes französisches Bistro mit einer übersichtlichen Anzahl von mit weiß-rot-karierten Decken belegten Tischen. Ich ließ ihn einen schweren französischen Rotwein aussuchen und war einverstanden damit, dass wir eine Vorspeise mit Auberginen und ein Beuf Bourgignon als Hauptspeise nahmen. Mit meinen Gedanken war ich bei diesem Paar, das ich heute Nachmittag kennengelernt hatte. Es waren so schöne Menschen, und offenbar beide beruflich erfolgreich, aber statt sich darauf zu konzentrieren, eine gemeinsame Zukunft aufzubauen, bekämpften sie sich. Aber da war noch etwas Anderes. Früher hätte ich das einfach zur Kenntnis genommen, und mich dann wieder meinen eigenen Angelegenheiten gewidmet, aber seit kurzem berührten mich die Sorgen anderer Menschen sehr, und ich hatte das Bedürfnis, ihnen zu helfen. Das war eine neue Eigenschaft von mir, und wenn ich es mir so richtig überlegte, dann hatte ich diese neue Seite entdeckt, nachdem ich Hermann Habenichts Weihnachtsladen das erste Mal betreten hatte.

»Ich muss sagen, dass ich bei unserer ersten Begegnung den Eindruck hatte, dass sie eine – ich will nicht sagen redselige – aber doch wortgewandte junge Frau sind«, begann Dr. Liebermann das Gespräch. »Heute wirken Sie etwas verändert.«

»Dieses A, wofür steht es?«

»Wie?« Der Arzt sah mich etwas verwirrt an.

»Auf Ihrem Kittel. Das Namensschild.«

Er sah mich besorgt an. Möglicherweise dachte er darüber nach, ob Rotwein die richtige Therapie für mich war. »Ich heiße Alexander.«

»Alexander«, wiederholte ich. »Ich heiße Nele.«

»Schön, dann wäre das ja geklärt.« Er hob sein Glas.

Ich stieß mein Glas gegen seines.

»Ich hatte Sie eigentlich aufgesucht, um Sie über den Zustand der Patientin zu unterrichten, von der ich annahm, sie sei eine Verwandte von Ihnen«, begann Dr. Liebermann, nachdem wir uns eine Weile der Vorspeise gewidmet hatten. »Allerdings bin ich mir da nicht mehr so sicher, was das Verwandtschaftsverhältnis anbetrifft, meine ich. Immerhin haben sowohl Sie als auch … der junge Mann … die alte Dame gesiezt.« Er spielte ein wenig mit seiner Gabel herum. »Möglicherweise ist es in Ihren Kreisen aber auch üblich, die ältere Generation zu siezen.«

Ich schwieg mich dazu aus, in welchen Kreisen ich mich bewegte und wie man darin miteinander umging, und versuchte dem Blick seiner braunen Augen zu entgehen. Für einen Mann hatte er ziemlich lange Wimpern.

Er spießte ein Stück überbackene Aubergine auf, aß es jedoch nicht. Dabei hätte ich ein bisschen Zeit brauchen können, um über meine Situation nachzudenken. Vermutlich wäre zweiunddreißig Mal Kauen auf einem Stück Gemüse dafür ohnehin nicht ausreichend gewesen.

»Andererseits sind Sie und der junge Mann die einzigen Menschen, die sich heute bei Frau Silberling gezeigt haben.« Jetzt steckte er sich die Gabel doch in den Mund und kaute. Die Gabel klirrte leise, als er sie auf den Teller legte. »Das kann zweierlei bedeuten: Entweder sind Sie wirklich besorgt um die alte Frau.« Er beugte sich über den Tisch zu mir herüber. »Oder Sie beide schmieden einen Plan, um …«

»Die Alte loszuwerden? Sie auszurauben? Uns von ihr adoptieren zu lassen?« schlug ich vor.

Seine braunen Augen guckten überrascht, dann lehnte er sich zurück. »Sowas in der Art, genau.« Er nickte. »Wozu brauchen Sie ihr Adressbuch?«

»Um eine Adresse herauszufinden, nicht um ihr Konto zu plündern«, entgegnete ich.

»Manche alte Leute verbergen ihre Zugangsnummern zu Konten in Telefonnummern. So ähnlich wie das Verwenden des Hochzeitsdatums für den Tresorcode.«

Jetzt sah ich ihn überrascht an und fragte mich, in welchen Kreisen er verkehrte. Offenbar in solchen, in denen Tresore eine Rolle spielten.

»Das ist ein bisschen kompliziert, wissen Sie?«

»Ich bin Akademiker und habe einen Doktortitel. Ich denke, wenn Sie langsam sprechen, werde ich es schon verstehen.« Er grinste, und er sah dabei ziemlich gut aus. Das Kerzenlicht spiegelte sich in seinen Pupillen, und ich spürte, wie ich mich ein kleines bisschen in ihn verliebte.

»Sind Sie verheiratet?« fragte mein Mund, und mein Hirn rollte mit den Augen.

»Nein«, entgegnete er. »Sie?«

»Nein.«

»Gut, dann wäre das ebenfalls geklärt. Ist das für Ihre Erklärung irgendwie von Bedeutung?«

Ich tupfte mir den Mund und gab mir größte Mühe, dabei mein Gesicht mit der Serviette zu bedecken. »Entschuldigen Sie mich einen Augenblick.« Ich eilte zum Klo und kehrte erst zurück, nachdem sich meine Gesichtsfarbe und mein Pulsschlag normalisiert hatten. Die Vorspeisenteller waren zwischenzeitlich abgeräumt worden, und kaum saß ich wieder, wurde die Hauptspeise aufgetragen. Dr. Alexander Liebermann machte einen überraschend zurückhaltenden Eindruck, jedenfalls hielt er den Mund, während er Wein nachschenkte und mein Geschirr zurechtrückte. Er war kurz davor, mir das Fleisch in mundgerechte Stücke zu schneiden.

»Ich möchte mich dafür entschuldigen, wenn ich Ihnen zu nahe getreten sein sollte. Vielleicht war ich etwas vorschnell mit meinen Unterstellungen.«

»Nun, Ihre Worte zeugen ja von einer gewissen Fürsorge für Ihre Patienten, das ist heutzutage in den Zeiten von Sparmaßnahmen auch keine Selbstverständlichkeit«, erklärte ich gefasst.

Mein Gegenüber sah mich verwundert an. »Was?«

»Egal.« Ich machte eine lässige Handbewegung.

Wir widmeten uns eine Weile dem Essen, bis er das Glas erhob. »Lassen Sie mich noch mal von vorne anfangen. Ich bin möglicherweise einem falschen ersten Eindruck erlegen.«

»Möglicherweise, ja«, bestätigte ich.

»Oder ich habe meine Gedanken in falsche Worte gefasst. Ich glaube nämlich schon, dass Sie und der junge Mann um Frau Silberling ehrlich besorgt sind. Das Problem ist nur, ich bin es auch.«

»Das ist ein Problem?«

»Es geht weniger um mich, Nele.« Es klang schön, wie er meinen Namen aussprach. »Ich habe den Bericht des Notarztes gelesen. Er ist sehr kurz und soll dem Leser den

Eindruck vermitteln, dass es sich bei Frau Silberling um eine schusselige alte Dame handelt, die sich einfach nur bei der Tabletteneinnahme vertan hat.« Bei diesen Worten sah er aus dem Fenster, wo der Schnee die Kopfbedeckungen der Passanten weiß färbte. Er wandte sich wieder mir zu. »Wenn man seinem Bericht Glauben schenkt, hat sie sich im Dunkeln wahllos irgendeine Schachtel gegriffen und gleich mal den gesamten Inhalt eingenommen in der Hoffnung, dass es wirkt. Ich habe ihn angerufen, den Notarzt meine ich. Er hat irgendetwas in den Hörer genuschelt. Das Einzige, was ich dabei heraushören konnte, war, dass irgendwer ihn darum gebeten hatte, nicht zu sehr ins Detail zu gehen.«

Ich hielt seinem Blick stand. »Was hätten Sie getan, wenn eine alte, alleinstehende Dame bei Ihnen eingeliefert wird, die versucht hat, sich mit Schlaftabletten das Leben zu nehmen?«

»Ich hätte ihr den Magen ausgepumpt, sie mit allerlei Flüssigkeiten versorgt und sie in die Geriatrische Abteilung verlegt, um sie dort weiterbehandeln zu lassen.«

»Und was hätten die dort mit ihr gemacht?« fragte ich, ohne ihn aus den Augen zu lassen.

»So wie ich die Kollegen dort kenne, hätten sie sie ans Bett gefesselt und einen Platz in der Psychiatrie gefunden. In einem dunklen, fensterlosen Raum.«

»Das ist nicht witzig!«

»Aber dass Sie auf eigene Faust eine Selbstmordkandidatin behandeln, ist besser?«

Das hier lief nicht gut. Ich hätte viel lieber mit diesem gut aussehenden Mann gescherzt und gelacht, stattdessen zerlegten wir hier nicht nur das Beuf Burgignon.

»Frau Silberling leidet lediglich unter Einsamkeit und braucht jemanden, der sich um sie kümmert.«

Dr. A. Liebermann schnalzte mit der Zunge. »Wenn Sie sich um einsame alte Damen kümmern möchten, sollten Sie ins Altersheim gehen und den alten Menschen etwas vorlesen. Ein Selbstmordversuch ist eine sehr ernste Angelegenheit, und den hätte Frau Silberling nicht überlebt, wenn ...«

Ich faltete meine Serviette zusammen und legte sie auf den Tisch neben meinen Teller. Dann schob ich meinen Stuhl zurück und stand auf. »Wenn Jonas und ich sie nicht rechtzeitig gefunden hätten. Richtig. Vielen Dank für das Essen.«

Ich schaffte es, auf dem Weg zur Garderobe nur einmal umzuknicken. Meinen Mantel zog ich auf dem Weg nach draußen an, wo sich die schmelzenden Schneeflocken mit den Tränen auf meinen Wangen vermengten.

★

In dieser Nacht schlief ich schlecht. Nicht nur das Abendessen lag mir schwer im Magen. Und beim Aufwachen hatte ich das dumme Gefühl, dass mir bisher die Dinge nur zufällig gelungen waren und nicht weil ich irgendein Talent für irgendetwas hatte. Jedenfalls nicht zum Männerbetören oder um die Probleme anderer zu lösen. Genau genommen lag mein Talent darin, mich selbst in Schwierigkeiten zu bringen. Ich schlich mich in den Laden hinunter, wo ich um diese frühe Stunde allein war. Jonas schlief offenbar noch den Schlaf der Gerechten. Ich setzte Teewasser auf und ging zu Susi Blohm hinüber.

»Alles in Ordnung?« fragte sie mich.

Ich seufzte. »Ich habe keine Ahnung, aber ich würde eher sagen: nein.«

»Aha.« Sie war im Begriff gewesen, einen Croissant in die Papiertüte zu stecken und hielt inne.

»Herr Habenicht hatte die Dinge in seinem Laden doch im Griff oder?« Ich legte eine Tüte Trüffelpralinen auf den Verkaufstresen. »Ich frage nur, weil mir da drüben praktisch gar nichts gelingt.«

»Ehrlich? Ich sehe die Leute vollbepackt aus dem Weihnachtsladen kommen, und wenn sie sich hinterher zu mir verirren, sind sie immer sehr glücklich und voll des Lobes«, stellte Susi Blohm fest.

Das traf wohl zu, dachte ich. Der Laden lief gut, aber ich wurde den Verdacht nicht los, dass er noch einem weiteren Geschäftszweck diente. Aber ich kam nicht drauf, und Jonas war mir, was das anbetraf, auch keine große Hilfe. Ein Kunde betrat die Bäckerei, und Susi packte den Croissant in die Tüte. Ich bezahlte Brötchen und Pralinen und kehrte in den Laden zurück. Von Jonas war noch nichts zu sehen, und ich wollte die Zeit nutzen, um in mich zu gehen. Aber mir ging nur mein misslungenes Date mit Dr. Alexander Liebermann durch den Kopf. Außerdem fiel mein Blick auf das verdammte Buch, das schon wieder aus der Reihe tanzte. Wenn solche Dinge passieren, dann nicht aus mystischen Gründen, hörte ich Georgs Stimme in meinem Kopf. *Alles hat eine Ursache, und wenn das Buch immerzu herausrutscht, ist vermutlich eine Bodendiele lose. Stell es einfach woanders hin.* Seufzend ging ich zum Bücherregal und nahm das Buch heraus. Nachdenklich sah ich an den Regalreihen hinauf. Jetzt könnte mir Georg noch sagen, wo es besser stünde. Oben oder unten. Aus rein praktischen Gründen entschied ich mich dazu, es erstmal in die unterste Reihe zu stellen. Ich nahm ein Buch mit ähnlicher Breite heraus und tauschte die beiden aus. So, nimm das, Buch! Nach meinem Croissant verputzte ich noch vier Trüffelpralinen und widmete mich dann dem Adressbuch von Frau Silberling. Mit den Eintragungen war ich schnell durch. Darin standen ein Gärtner, ein Dachdecker, drei Ärzte, eine Friseurin und ein Blumenladen sowie fünf weitere Personen. Ich versuchte verzweifelt, mich daran zu erinnern, ob Frau Silberling den Namen ihrer Schwester mal erwähnt hatte. Wie hieß sie bloß? Gisela? Irene? Inge? Inge! Es gab einen Eintrag I. Hegemann. Wenn man sich die Telefonnummer seiner Schwester nicht merken konnte, trug man sie vielleicht ins Adressverzeichnis ein. Ich zog das schwarze Bakelittelefon zu mir heran und wählte die Nummer. *Kein Anschluss unter dieser Nummer* lautete die Ansage. Ich legte den Hörer wieder auf und nahm mir noch eine Praline. Da Frau Silberling erzählt hatte, dass ihre Schwester verstorben sei, war das eigentlich keine große Überraschung. Aber es hätte ja sein können, dass sich eine freundliche Frauenstimme meldete, erklärte, dass sie soeben im Begriff gewesen sei, ihre alte Tante anzurufen, um sich nach deren Befinden zu erkundigen und um Gottes willen zu verhindern, dass sie sich das Leben nahm. Es hob aber niemand den Hörer ab. Es interessierte offenkundig keinen von Frau Silberlings Angehörigen, wie es ihr ging. Seufzend nahm ich noch eine Praline und trommelte mit den Fingern auf die Tischplatte. Aus dem Augenwinkel sah ich eine Bewegung auf dem Holzfußboden. Dort saß die kleine Maus. Sie hatte sich aufgerichtet, die Pfötchen erhoben und wirkte auf mich wie ein genervter Nachbar, der um diese frühe Stunde um Ruhe bat.

»Entschuldige«, sagte ich. »Tut mir leid. Ich bin nervös.«
Die Maus zwinkerte mit ihren blanken Äuglein.

»Natürlich, das verstehe ich«, sagte ich. »Das ist kein Grund, jemanden in aller Herrgottsfrühe aus dem Bett zu trommeln. Ich entschuldige mich nochmal.« Ich nahm die letzte Praline, brach ein kleines Stück von der dunklen Schokolade ab und beugte mich ganz ganz langsam hinunter. Die Maus blinzelte, dann ging sie auf alle viere und kam etwas näher. Zwischen ihr und meiner Hand lag jetzt noch ein Abstand von einem Zentimeter, den die kleine Maus mühelos überbrückte. Als sie das Schokoladenstückchen mit ihrer kleinen Pfote zwischen meinem Daumen und meinem Zeigefinger herauszog, war es, als streife ein sanfter Hauch über meine Hand. Die Maus stopfte sich die Schokolade in die Backentasche, blinzelte ein letztes Mal und verschwand in ihrem Mauseloch. Tja, Georg, dachte ich. Das hättest du jetzt mal sehen sollen.

Beinahe in demselben Augenblick, in dem die Maus im Loch verschwand, ging wenige Zentimeter daneben die Tür auf und Jonas trat ein. Er wirkte ein wenig überrascht, mich anzutreffen. Vielleicht, weil er mich so früh am Morgen noch nie im Geschäft gesehen hatte, vielleicht aber auch, weil er von einem anderen Verlauf meines Abendessens mit Dr. Liebermann ausgegangen war.

Er kratzte sich am Kopf und überspielte dann seine Verdutztheit mit dem üblichen Wortschwall. »Oh, guten Morgen, und Croissants haben Sie auch schon geholt. Ich habe mich heute Morgen gefragt, was eigentlich mit dem Auftrag von Frau Silberling ist, ob wir nicht eigentlich mal ihr Haus ausräumen sollen oder ob der Plan wegen der jüngsten Ereignisse umgestoßen wurde. Ich meine, jetzt ist sie ja noch im Krankenhaus, andererseits habe ich gerade das Landhaus mit ziemlich vielen Lichterketten geschmückt und außerdem das beleuchtete Rentier im Park aufgestellt.« Sein Blick fiel auf das Adressbuch von Frau Silberling, und er verstummte. Vermutlich erinnerte er sich an seinen misslungenen Auftritt in Gegenwart von Dr. A. Liebermann.

»Guten Morgen. Setz dich.« Ich reichte ihm einen Croissant und schenkte dann eine Tasse Tee ein. »Wie es mit Frau Silberling weitergeht, werden wir noch sehen. Du musst heute den Laden allein öffnen. Ich muss weg.«

Jonas verstrubbelte seine Frisur.

»Ich will mal sehen, ob ich etwas für Frau Silberling tun kann«, beantwortete ich seine nicht gestellte Frage.

Auf seinem jungenhaften Gesicht erschien ein Grinsen, bei dem sich Mundwinkel und Ohrläppchen begrüßten.

»Was gibt es da zu grinsen?«

Er bemühte sich, ein ausdrucksloses Gesicht zu machen, aber sein Mund war immer noch so breit wie das Maul eines Breitmaulfrosches. Ich führte heute Morgen bereits die zweite merkwürdige nonverbale Unterhaltung. Das hieß, ich redete zwar, aber meine Gesprächspartner schwiegen.

»Gut.« Ich wickelte meinen Schal um den Hals, setzte meine Mütze auf und steckte die Arme in die Ärmel meines Wintermantels. »Wir sehen uns später.«

»Geht klar.« Er machte eine Faust und forderte mich auf, mit meiner dagegen zu stoßen.

»Und das bedeutet jetzt was?« fragte ich, nachdem wir mit diesem mir unbekannten Ritual fertig waren.

Jonas setzte wieder dieses wissende Grinsen auf, und ich nahm meine Tasche. Hier geschah zu viel, das ich nicht verstand. Es war an der Zeit, dass ich die Dinge in die Hand nahm.

★

Die Wohnung von Inge Hegemann, deren Adresse Frau Silberling in ihrer ordentlichen Handschrift in ihrem Adressbuch notiert hatte, lag am anderen Ende der Stadt. Die langgezogene Allee befand sich in einem bürgerlichen Stadtviertel, und das Mehrfamilienhaus, in dem Inge Hegemann gewohnt hatte, war ein Mietshaus. Die Vermögensverhältnisse der Schwestern waren offenbar sehr unterschiedlich. Frau Silberling hatte das, was man landläufig eine gute Partie nannte, gemacht und in sehr viel besseren Verhältnissen gelebt. Ich drückte wahllos auf einen Klingelknopf und wartete ab. Es passierte nichts. Also drückte ich auf einen anderen Klingelknopf, woraufhin es in der Gegensprechanlage knisterte und eine Frauenstimme fragend: *Ja, bitte?* sagte.

Da stand ich nun mit meinem Anliegen und wusste nicht so recht, wie ich es vorbringen sollte, zumal mein Gesprächspartner unsichtbar blieb.

»Ähm«, machte ich. »Ich bin hier, weil ich mich nach Inge Hegemann erkundigen will.«

»Die ist doch tot«, antwortete die Stimme verständnislos.

»Ja, genau. Deshalb bin ich da.«

Ich hätte es der Frau nicht verübelt, wenn sie das Gespräch an dieser Stelle abgebrochen und sich nützlicheren Dingen zugewandt hätte.

Aber der Summer erklang, und ich drückte die Haustür auf.

»Hier oben.«

Ich stieg in den ersten Stock hinauf, wo mich in einer geöffneten Wohnungstür neben einem leckeren Kaffeeduft eine alte Dame erwartete.

»Guten Morgen.« Ich gab ihr die Hand. »Mein Name ist Nele Hansen.«

»Ich bin Waltraud Merker. Kommen Sie man erstmal rein.«

Sie führte mich in eine kleine Küche, der Quelle des Kaffeedufts. Auf einem kleinen quadratischen Holztisch lag eine Plastiktischdecke, darauf stand eine große Porzellankaffeekanne. Auf der aufgeschlagenen Tageszeitung lagen eine Lesebrille und ein Kugelschreiber. Ich hatte Frau Merker beim Eintragen des Wortes *Eichelhäher* im Kreuzworträtsel des Tages zwischen dem l und dem h unterbrochen. Ganz offensichtlich hielt der Tag keine spannenden oder dringenden Geschäfte für sie bereit, da kam ich vielleicht nicht ganz ungelegen. Während ich mich aus Mütze, Schal und Mantel schälte und weisungsgemäß an den Tisch setzte, nahm Frau Merker Tasse und Untertasse aus einem alten Geschirrschrank und stellte beides klappernd vor mich hin.

»Als es klingelte, hab ich erstmal aus dem Fenster gesehen«, sagte Frau Merker, während sie aus der Kanne, deren Tülle angeschlagen war, Kaffee einschenkte. »Sie sind mit diesem Lieferwagen von Herrn Habenicht gekommen, nicht wahr?«

Sie setzte sich.

»Bin ich. Ich glaube, ich habe das Geschäft übernommen.«

»Glauben Sie.« Frau Merker setzte sich.

»Naja, inzwischen habe ich es vermutlich getan. War ein bisschen überraschend, aber jetzt ist es wohl so.« Ich legte die Hände um meine Tasse. Seit ich das Erbe von Hermann Habenicht angetreten hatte, war es das erste Mal, dass ich Kaffee trank.

»Und was möchten Sie jetzt über die alte Frau Hegemann wissen?«

»Ich habe ihre Schwester kennengelernt. Also die von Frau Hegemann. Ihr geht es im Augenblick nicht so gut, und da dachte ich, ich gucke mal, ob sich jemand aus ihrer Familie um sie kümmern kann.«

Frau Merker machte ein Gesicht als hätte ich ihr erklärt, dass ich die Formel für den Weltfrieden gefunden habe. Ungläubig traf es wohl am ehesten.

»Da haben Sie sich ja was vorgenommen«, sagte sie schließlich.

Ich hob die Augenbrauen. Uh, hatte ich mich womöglich wieder in so eine Situation gebracht, die der von Sisyphus vergleichbar war? Ich trank erstmal einen Schluck Kaffee, der gut schmeckte.

Frau Merker nahm den Kugelschreiber auf und verzierte den Rand der Zeitung mit einem Blumenmuster. »Die Frau Hegemann ist vor fünf Jahren gestorben. Das war das letzte Mal, dass ich ihre beiden Töchter gesehen habe. Die haben hier alles ausgeräumt und damit war die Ära Hegemann zu Ende.«

»Waren Sie bei ihrer Beisetzung?«

»Ja, es gab eine kleine Feier. Die beiden Mädchen waren da, einige Bewohner hier aus dem Haus und eine alte Dame, die stand aber nur ganz kurz am Grab. Ich kann mich nicht daran erinnern, dass sie mit Inges Töchtern mehr als ein paar Worte gewechselt hat.«

»Sie meinen, dass das ihre Schwester Frau Silberling war?«

»Ich nehme es an.«

Frau Merker hatte es innerhalb weniger Minuten geschafft, mir jegliche Illusion zu rauben. »Hm«, machte ich.

»Sie sagten, der alten Dame ginge es nicht so gut. Was fehlt ihr denn?« erkundigte sich Frau Merker.

»Ich glaube, sie ist sehr einsam.«

Frau Merker nickte, und mir wurde bewusst, dass ich hier auch ihr eigenes Leben beschrieb.

»Aber nachdem, was Sie mir erzählt haben, sieht es nicht so aus, als seien ihre beiden Nichten scharf darauf, Kontakt mit ihrer alten Tante aufzunehmen. Sonst hätten sie es sicher schon getan.«

»Tja«, machte Frau Merker, und das konnte eine ganze Menge bedeuten. »Es kann sein, dass die beiden Mädchen mit sich selbst schon genug zu tun haben. Von der Jüngeren weiß ich nicht viel. Sie soll es im Leben nicht recht zu etwas gebracht haben.« Frau Merker spielte mit dem Kugelschreiber herum. »Sie lebt wohl auch von Sozialhilfe.«

»Und die Ältere?«

»Bei der ist es anders. Eine Studierte, die auch schon mal im Fernsehen ein Interview gegeben hat. Die sieht ehrlich gesagt nicht aus wie eine, die alten Damen eine gute Gesellschafterin ist.«

Damals wusste ich noch nicht, dass Frau Merker eine ziemlich gute Menschenkenntnis hatte. Wir plauderten eine Weile über dies und das, und bevor ich ging, nahm ich Frau Merker das Versprechen ab, mich einmal in meinem zauberhaften Weihnachtsladen zu besuchen. In der gesamten Wohnung gab es keinen Hinweis auf das bevorstehende Fest, weshalb ich Frau Merker darauf hinwies, dass wir sehr schöne Glaskugeln in allen möglichen Farben verkaufen. Ich verschwieg wohlweislich, dass diese aus einer mir immer noch unbekannten Quelle stammten. Frau Merker winkte ab. Sie habe mit Weihnachten nichts am Hut, und außerdem würde sie doch ohnehin niemand besuchen.

Vor der Haustür zog ich meine Mütze bis zu den Augenbrauen herunter und betrachtete die Allee. Ich hatte bei meiner Mission, einer einsamen alten Frau zu helfen, eine andere einsame alte Frau getroffen. Mal sehen, ob sich daraus irgendetwas machen ließ. Ich setzte mich in den Transporter und fuhr zur Uni. Meine Informationslage war zwar bedeutend besser als vor meinem Besuch bei Frau Merker, aber ich kam mit einem ähnlich rudimentären Wissen vor dem Universitätsgebäude an wie kurz zuvor in der Allee, in der Frau Merker wohnte. Der Vorname Monika und die Berufsbezeichnung *Professorin für irgendwas* waren selbst für mich keine ausreichenden Suchbegriffe, um eine Person zu finden.

✶

Der junge Mann zog die Luft zwischen den Zahnreihen ein und machte ein Gesicht, als hätte ich ihn darum gebeten, eine fünfstündige Politikklausur für mich zu schreiben. »Sie wollen also zu Prof. Zerwinsky?«

Wenn sie mit Vornamen Monika hieß und eine geborene Hegemann war, waren wir im Geschäft. Ich setzte mal voraus, dass der Student meine Frage verstanden und den richtigen Lösungsweg gefunden hatte, und nickte.

Jetzt machte er ein Gesicht, als hätte er in eine Zitrone gebissen.

»Wie komme ich denn zu ihr?«

Bei der Wegbeschreibung war ich nach dreimal links und fünfmal rechts und dann die Treppe runter raus.

»Soll ich Sie hinbringen?« erkundigte sich der junge Mann, aber es klang nicht so, sei er scharf darauf.

»Das wäre nett«, sagte ich trotzdem. Wer wusste schon, wie lange ich sonst brauchen würde, um die Professorin zu finden.

Nach dreimal links und fünfmal rechts und dann die Treppe runter hatte ich die Orientierung verloren. Höflich öffnete er mir eine Glastür und deutete dann in einen dunklen Flur.

»Vierte Tür links.«

Ich wollte mich bedanken, aber ehe ich den Mund aufgemacht hatte, war er weg wie ein geölter Blitz. Also ging ich den dunklen Flur hinunter und stieß mir in der Finsternis beinahe die Nase an dem Schild, das an der Wand neben der vierten Tür angebracht war. *Prof. Dr. Monika Zerwinsky, Leiterin*

Fachbereich Humanwissenschaften stand da. Ich atmete tief ein, hob die Hand und wollte gerade klopfen, als die Tür von innen aufgerissen wurde. Eine Frau Ende fünfzig rauschte heraus. Leicht übergewichtig, die Haare kurz geschnitten, eine Lesebrille vor der üppigen Brust baumelnd und eine Aktentasche in der Hand. Sie knallte die Tür zu und steckte den Schlüssel ins Schloss. »Sie sind zu spät. Die Sprechstunde endete vor fünf Minuten. Hausarbeitenbesprechung Mittwoch zwischen elf und eins, Beschwerden über die ungerechte Benotung ihrer Klausuren bringen Sie bei Ihrem Tutor vor.« Sie hatte inzwischen abgeschlossen und war den Flur hinuntergerauscht. Kurz vor der Glastür verlangsamte sie das Tempo. »Und ja, ich halte es für sinnvoll, dass Sie ein Repetitorium besuchen.«

Ich konnte jetzt gut verstehen, warum der Student so merkwürdig auf meine Bitte reagiert hatte.

Sie hatte die Hand bereits auf dem Türgriff.

»Deshalb bin ich nicht da«, haspelte ich. »Ich bin wegen Edith Silberling …«

Sie wandte sich um.

»Hier«, flüsterte ich.

Sie kam zurück, und der Boden bebte unter ihren festen Schritten. Als sie kurz vor mir zum Stehen kam, schloss ich die Augen. Sie kennen diese Momente, in denen man sich woanders hin wünscht. Dies war so ein Moment.

»Was ist mir ihr? Ist sie tot?«

Ich plierte, dann hob ich den Blick. »Nein«, sagte ich. »Wer sagt denn sowas?«

»Das weiß ich nicht«, entgegnete sie ungeduldig. »Was ist denn dann mit ihr?«

Wenn sie so unangekündigt einer Frau gegenüberstehen, die offenkundig die Dinge fest im Griff und eine Menge um die Ohren hat, sogar im Fernsehen auftritt und Leiterin eines Fachbereichs ist, fällt es Ihnen verdammt schwer, zu sagen, dass ihre alte Tante einsam ist.

»Ich, äh, sie könnte etwas Hilfe gebrauchen.« Ich senkte den Blick wieder. Das hatte so geklungen, als sei ich diejenige, die Hilfe braucht.

»Sie ist eine alte Frau. Vielleicht ist es an der Zeit, dass sie sich nach einem geeigneten Heimplatz umsieht.«

Meiner Meinung nach waren die Heime voll mit alten Leuten, von denen die nächste Generation dachte, dass sie dort am besten untergebracht seien.

»Ich glaube nicht, dass das die Hilfe ist, die sie braucht. Die kümmern sich ja eher um die alltäglichen Dinge des Lebens, aber Ihre Tante braucht persönliche Zuwendung.«

Wenn ich Studentin gewesen wäre, hätte sie mich vermutlich exmatrikuliert, wenn ich Studentin gewesen wäre. Oder mich vor einen Bus geschubst, wenn wir diese Unterhaltung auf der Straße geführt hätten. Aber hier auf dem unbeleuchteten Flur der Uni, wo es ganz still war, schwieg die Professorin.

»Ach so«, sagte sie schließlich.

Wir schwiegen beide eine Weile, bis Prof. Zerwinsky auf die Uhr sah. »Ich habe jetzt keine Zeit, ich überlege mir was.«

Das war nicht das, was mir vorschwebte. Ich befürchtete, dass Monika Zerwinsky ihren Computer hochfahren und einen Besuchsdienst für ihre Tante googeln würde.

»Wie wäre es denn mit Ihrer Schwester?« fragte ich, als sie im Begriff war, sich abzuwenden.

Sie hielt erneut inne und sah mich an wie jemanden, der zum ungünstigsten Zeitpunkt eine Reihe von Familienmitgliedern aufzählte, mit denen sie am liebsten nichts zu tun haben wollte. Was vermutlich der Fall war.

»Meine Schwester?« wiederholte sie in einem Tonfall, der mich glauben ließ, dass ich einer falschen Information von Frau Merker aufgesessen war. Womöglich war sie Einzelkind. »Meine Schwester ist froh, wenn sie morgens herausfindet, wie man das Bett verlässt. So jemanden kann man nicht auf alte Leute loslassen.«

Ich schluckte. Der Berg vor mir wurde immer größer. So groß, dass ich die schmale Frau Silberling kaum noch auf der anderen Seite sehen konnte.

»Heidrun ist unfähig, faul und säuft wie ein Loch. Die ist bestimmt nicht die geeignete Lösung für Ihr Problem.«

Ich hatte gedacht, dass Humanwissenschaft etwas mit Menschen zu tun hatte. Unter Umständen auch so etwas wie menschlich bedeutete. Wenigstens im weitesten Sinne. Jetzt kamen mir Zweifel an dieser Annahme. Und dann störte ich mich auch sehr daran, dass Prof. Zerwinsky meinte, ich sei wegen meines Problems hier.

»Sie irren«, sagte ich mit fester Stimme. »Es ist nicht mein Problem. Es geht hier um Ihre Tante.«

Ganz kurz kniff sie die Augen zusammen, blieb aber beherrscht. »Wie gesagt, ich kümmere mich darum.«

»Wo finde ich denn Ihre Schwester?«

Sie sah erneut auf die Armbanduhr, ehe sie mir eine Adresse nannte. Ich sah ihr nach, als sie durch die Glastür verschwand. Vielleicht, dachte ich, ist es auch ein Wink des Schicksals, dass diese Furie keine Zeit hat.

Ich hasse Fahrstühle. Aber der Umstand, dass Heidrun Lehmann im zwölften Stock eines mit grauen Asbestplatten verschalten Hochhauses wohnte, ließ mich einen Moment darüber nachdenken, ob ich mich nicht doch mit dieser Institution anfreunden könnte. Den Kopf in den Nacken gelegt, sah ich an der Fassade empor. Lieber wäre es mir gewesen, wenn Edith Silberlings Nichte in einem Flachdachbungalow gewohnt hätte, aber man konnte sich im Leben nicht alles aussuchen. Ich stapfte durch den Schnee zum Eingang und brauchte geschlagene fünf Minuten, um auf dem riesigen Tableau den richtigen Klingelknopf zu entdecken. Ich wollte schließlich sichergehen, dass auch jemand zuhause war, bevor ich mich in den zwölften Stock hocharbeitete.

»Ja bitte?« fragte eine müde Frauenstimme.

Diesmal war ich besser vorbereitet als bei dem Besuch bei Monika Zerwinsky.

»Guten Tag, mein Name ist Nele Hansen, und ich würde gern mit Ihnen über Ihre Tante Edith Silberling sprechen.«

Der Türsummer erklang, und ich betrat eine große Eingangshalle mit einer riesigen Wand von Briefkästen. Und zwei Fahrstühlen. An der Tür des einen hing ein Schild *Defekt*. Das Schild sah nicht sehr neu aus. Genau betrachtet sah es aus, als hinge es schon eine ganze Weile hier, aber ich konnte immerhin keine Spinnweben entdecken. Blieb noch das zweite Exemplar. Ich schickte ein Stoßgebet zum Himmel und betrat die Kabine.

»Ich dachte schon, Ihnen ist auf dem Weg hierher etwas passiert«, empfing mich eine Frau an der Fahrstuhltür im zwölften Stock. Bei genauerem Hinsehen hatte sie eine gewisse Ähnlichkeit mit Monika Zerwinsky, aber sie war schlank, ihre Gesichtszüge ein wenig verhärmt, und durch ihre zu einem straffen Pferdeschwanz gebundenen Haare zogen sich einige graue Strähnen.

»Guten Tag, Frau Lehmann. Ja, ich musste mich erst mental darauf vorbereiten, mich dem letzten funktionierenden Fahrstuhlexemplar anzuvertrauen.«

Heidrun Lehmann lächelte müde. »Seien Sie froh, dass das Ding überhaupt funktioniert. Der andere ist seit einer Woche kaputt. Irgendein Teil muss erst besorgt werden. Kommen Sie rein.«

Von einem schmalen Flur ging links ein Raum ab, in dem ein Fernseher lief. Es klang, als wurde eine Quizshow gesendet.

Frau Lehmann schloss die Tür zum Wohnzimmer. »Mein Mann Harald.« Sie führte mich in eine kleine Küche. Sie war mit altem Mobiliar eingerichtet, aber sehr sauber. Frau Lehmann machte auf mich keinen desolaten Eindruck, und sie wirkte auch nicht so, als würde sie morgens nicht aus dem Bett herausfinden.

»Möchten Sie etwas trinken? Kaffee vielleicht?«

»Nein danke, ich hatte schon Kaffee.«

»Dann mache ich uns einen Tee.« Frau Lehmann hantierte mit einem Wasserkocher und einer Teekanne herum, und ich hatte Gelegenheit, die weißen Gardinen, die sauberen Fenster und das hübsche Weihnachtsgesteck auf dem Tisch zu betrachten. Das hier mochte ein armer Haushalt sein, aber er war super in Schuss.

»Ich hoffe, es ist nichts Schlimmes mit Tante Edith«, begann Frau Lehmann, als sie mir eine Tasse duftenden Weihnachtstee hinstellte.

»Nein, schlimm ist es nicht. Naja, wie man es nimmt. Eigentlich ist es schon ziemlich schlimm.« Super Nele. Mit diesem Gestammel hast du nicht nur ziemliche Verwirrung gestiftet, sondern die arme Frau auch gleich zu Tode erschreckt.

Heidrun Lehmann sah mich aus kugelrunden Augen an.

Ich riss mich zusammen. »Sie ist sehr einsam. Es ist möglich, dass sie versucht hat, sich das Leben zu nehmen, weil sie die Einsamkeit nicht mehr aushielt.« Auch nicht viel besser.

Heidrun Lehmann schlug die Hand vor den Mund.

Ich legte meine Hand auf ihren Unterarm. »Sie wurde rechtzeitig gefunden, und es geht ihr glaube ich im Augenblick ganz gut. Aber das ändert natürlich nichts an der Ursache.« Ich nahm lieber einen Schluck Tee, bevor ich noch mehr Unsinn brabbelte.

Frau Lehmann nahm die Hand vom Mund und sah in ihre Teetasse. »Ich mache mir solche Vorwürfe.«

»Sie?«

Sie hob den Blick. »Ich hätte sie schon seit langem aufsuchen müssen. Ich hatte es mir immer wieder fest vorgenommen, aber dann habe ich es doch nicht getan.« Sie richtete sich auf. »Immer habe ich diese dumme Angst, dass sie denkt, ich will nur ihr Geld.«

Ein nachvollziehbarer Gedanke.

»Ich glaube nicht, dass sie das denken würde«, sagte ich, denn derartige Befürchtungen hatte Frau Silberling nicht geäußert.

66

Frau Lehmann lehnte sich zurück und legte die Hände in den Schoß. »Ich weiß überhaupt nicht, wie es eigentlich dazu gekommen ist. Dazu, wie es heute ist, meine ich. Tante Edith war früher so etwas wie eine Ersatzmutter für uns, für Monika und für mich. Wie oft haben wir früher bei ihr übernachtet. Monika und ich haben so getan, als würden wir in einem verwunschenen Schloss hausen und sind mit Bettlaken über den Köpfen durch alle Räume gehuscht. Edith hat uns nie etwas verboten, wir durften praktisch alles machen, und sie hat uns nach Strich und Faden verwöhnt. Sie hat uns vorgelesen und Kakao gekocht. Bei ihr gab es immer Lakritzschnecken.« Als sie mich ansah, hatte sie Tränen in den Augen. »Ich habe seither keine Lakritzschnecken mehr gegessen.«

»Wann hörte das auf? Wann brach der Kontakt zu Ihrer Tante ab?«

»Es gab immer mal wieder Streit zwischen meiner Mutter und Tante Edith. Als ich klein war, habe ich es nicht verstanden. Später ist mir klar geworden, dass es meinen Eltern nicht recht war, wie Edith uns verwöhnte. Natürlich war die Situation für meine Eltern auch schwierig. Wir hatten nie viel Geld, und bei ihrer Schwester wurden wir wie Prinzessinnen behandelt. Darüber gab es wohl Streit zwischen den beiden. Naja, und dann wurden wir Teenager, wir haben Tante Edith immer seltener besucht, und meine Mutter hat Edith nur noch an Geburtstagen angerufen. Die Dame ist etwas Besseres, hat sie immer gesagt. Da passen wir nicht hin. Dabei war Edith nie so. Es war ihr egal, dass ihre Schwester kein Geld hatte. Sie hat meinen Eltern häufig auch Geld angeboten. Für die Mädchen, hat sie gesagt, aber meine Eltern waren zu stolz, um es anzunehmen.«

»Wenn Sie Ihre Tante anrufen würden, glaube ich nicht, dass sie denken würde, Sie tun es wegen ihres Reichtums. Ich glaube, sie wäre nur sehr froh.«

Heidrun Lehmann legte die Hand über die Augen und weinte.

»Im Augenblick ist sie noch im Krankenhaus. Ich fahre nachher hin und besuche sie. Wenn es Ihnen recht ist, frage ich sie, ob sie gern Besuch von Ihnen hätte.«

»Würden Sie das tun?« schluchzte Heidrun Lehmann.

»Natürlich. Ich fände es echt toll, wenn Sie beide wieder Kontakt aufnehmen.«

Heidrun Lehmann stand auf und riss ein Blatt Küchenpapier von der Rolle. »Warum kommen Sie zu mir?« fragte sie, nachdem sie sich geschnäuzt hatte. »Warum gehen Sie nicht zu Monika?«

Ich beschloss, ehrlich zu sein. »Ich war bei Ihrer Schwester. Aber ich hatte ehrlich gesagt den Eindruck, dass sie ziemlich beschäftigt ist.«

Sie schob die Unterlippe vor und setzte sich wieder. Sie nickte ein wenig mit dem Kopf und schwieg.

Ich schwieg auch, und so war eine Weile nur die gedämpfte Stimme des Fernsehmoderators aus dem Wohnzimmer zu hören.

»Ich hab ewig nichts von Moni gehört«, sagte Frau Lehmann schließlich. »Damals, als ihr Mann sie verlassen hat, hab ich zu ihr gesagt, Moni, hab ich gesagt, du kannst ihn zurückkriegen. Aber dafür musst du auch etwas tun. Männer geben gern das starke Geschlecht, aber sie sind sehr sensible Geschöpfe, und sie lieben es, wenn man sich um sie kümmert.« Sie sah mich an. »Sie hat geantwortet, ich solle mich um meinen eigenen Mann kümmern und sie mit meinen klugen Ratschlägen verschonen. Das nächste Mal haben wir uns bei der Beerdigung unserer Mutter wiedergesehen.« Sie lächelte müde. »Wir sind eine völlig kaputte Familie.«

»Ich weiß nicht«, entgegnete ich. »Das klingt für mich alles nicht so, als könne man es nicht reparieren.«

Heidrun Lehmann sah mich fragend an. »Woher kennen Sie Edith eigentlich?«

»Oh, sie ist Kundin in meinem Geschäft.« Ich kramte eine der Visitenkarten hervor, die Jonas für mich gemacht hatte. *Mein zauberhafter Weihnachtsladen, Inhaberin Nele Hansen* stand darauf. Ich reichte ihr eine Karte, die sie interessiert betrachtete.

»Hm, klingt schön.« Sie schniefte. »Wenn ich darf, komme ich mal vorbei.«

»Ich würde mich wirklich sehr freuen. Und ich sage Ihnen nochmal Bescheid, wenn ich mit Ihrer Tante gesprochen habe.« Ich erhob mich. »Aber wie gesagt, eigentlich ist es für mich schon jetzt klar, dass sie ganz aus dem Häuschen darüber sein wird, Sie wiederzusehen.«

Heidrun Lehmann brachte mich zur Tür. »Vielen Dank für Ihren Besuch. Ich bin ein bisschen durcheinander, aber ich glaube, ich freue mich.«

»Schön. Grüßen Sie Ihren Mann von mir.«

Ich lächelte noch einmal zuversichtlich, dann schloss sich die Tür hinter mir. Weniger zuversichtlich betrachtete ich die Fahrstuhltür. Und entschied mich für die Treppe.

Es hatte wieder zu schneien begonnen, und als ich vor dem Weihnachtsladen aus dem Lieferwagen stieg, umfing mich erneut diese wohlige Stille, die ich bereits empfunden hatte, als ich das erste Mal die Gasse betrat. Ich hörte das leise Klingen der Elfenharfe, und es ging mir gut. Schnell kaufte ich bei Susi Blohm einen kleinen Snack und betrat dann den glitzernden und funkelnden Laden, der mein Zuhause geworden war. Für mich stand fest, dass ich hier bleiben und das Geschäft von Hermann Habenicht weiterbetreiben würde, auch wenn ich immer noch nicht ganz kapiert hatte, wie das mit der Lagerhaltung funktionierte. Im Laden herrschte völlige Stille. Es waren keine Kunden anwesend. Und auch kein Jonas.

»Jonas?«

»Hm.«

Er schien doch da zu sein. »Jonas?«

»Hm.«

»Jonas!«

»Hm!«

Ich ging auf die Suche nach meinem Mitarbeiter und fand ihn im Ohrensessel lesend vor. Bei seinem Anblick fiel mir ein, dass wir noch nie darüber gesprochen hatten, wann er eigentlich seinen freien Tag haben sollte. Und ob ihm überhaupt ein freier Tag zustand.

»Spannend?«

»Hm.«

»Willst du vielleicht heute für den Rest des Tages frei haben?«

»Hm.«

»Gut. Ich lasse dich jetzt in Ruhe. Lies weiter und kümmere dich nicht um mich. Falls ein Kunde kommt, übernehme ich ihn.«

»Hm.«

Ich setzte mich an den Schreibtisch und schob die Papiere von Hermann Habenicht, die ich immer noch nicht vollständig durchgesehen und sortiert hatte, zur Seite. Allmählich bekam ich eine Ahnung davon, warum es auf seinem Schreibtisch so aussah. Neben allen anderen Aufgaben blieb einfach keine Zeit für Bürotätigkeiten. Ich setzte eine Kanne Tee auf und stellte Jonas eine Tasse hin, auch wenn ich davon ausging, dass der Tee unbeachtet kalt werden würde. Dann wickelte ich mein Sandwich aus und biss hinein. Während ich kaute, nahm ich aus dem Augenwinkel zwei Dinge wahr: Das Buch hatte sich auch an seinem neuen Platz verselbständigt, und die Maus kam aus ihrem Loch, setzte sich aufrecht hin und zwinkerte mir zu.

»Mittagszeit«, sagte ich. »Zeit für einen kleinen Snack.« Ich brach ein Stückchen von meinem Sandwich ab, bückte mich und hielt es der Maus hin. Die trippelte schon sehr viel beherzter heran, nahm das Stück entgegen, zwinkerte mir zum Dank zu und verschwand in ihrem Mauseloch. Ich legte die Füße auf den Tisch und trank einen Schluck Tee. Seit ich den Laden von Herrn Habenicht das erste Mal betreten hatte, trank ich Tee, teilte meine Mahlzeiten mit einer Maus und

70

genoss das Glitzern und Funkeln der Lichterketten. Ich, die ich die spärliche Dekoration unserer Wohnung zu Weihnachten immer Georg überlassen hatte. Georg, an den ich schon seit einer Weile nicht mehr gedacht hatte. Stattdessen kreisten meine Gedanken um Frau Silberling und ihre Familie. Auf dem Rückweg von Heidrun Lehmann hatte ich kurz beim Krankenhaus angehalten und bei Frau Silberling reingesehen. Vermutlich war das grässliche Krankenhausmittagessen der Grund für ihre traurige Miene. Meine Nachricht, dass ihre Nichte Heidrun sie gern besuchen wollte, hatte sie zu Tränen gerührt. Während sie schluchzend beteuerte, dass es sich um reine Freudentränen handele, hatte ein Drache von Oberschwester die Tür zum Krankenzimmer aufgerissen und war hereingestürmt. Mir warf sie vor, dass ich die Besuchszeiten missachtete, die Patientin vom Essen abhielt und sie stattdessen unglücklich machte. Ich hatte gar nicht so schnell gucken können, wie ich rausgeflogen war. Da wäre mir Dr. A. Liebermann doch lieber gewesen. Was für ein schönes Wortspiel.

Ich sah auf. Vor mir stand Dr. A. Liebermann. Ich hatte die Türglocke nicht gehört. Jonas offenbar auch nicht, aber der las auch immer noch in seinem Buch.

Schnell nahm ich die Füße vom Tisch und schluckte runter.

»Hallo«, sagte Dr. A. Liebermann. »Störe ich?«

Ich schüttelte den Kopf.

»Ich wollte mich dafür entschuldigen, dass unser Abendessen so grandios schief gelaufen ist. Ich weiß, dass das an mir lag. Dabei war es keineswegs meine Absicht, Sie zu beschuldigen. Es ist nur so, dass ich mir angewöhnt habe, gegenüber Leuten, die um meine Patienten herumschwirren, misstrauisch zu sein.«

Ich nickte.

»Ist alles in Ordnung mit Ihnen?«

»Tee?« antwortete ich mit einer Gegenfrage.

»Gern.« Er zog einen kleinen Hocker heran und setzte sich. Währenddessen ließ er mich keine Sekunde aus den Augen, weshalb ich natürlich den Tee verschüttete. Ich wischte die Untertasse trocken und reichte sie ihm. Dr. A. Liebermann sah mir sehr tief in die Augen, während er mir die Tasse abnahm.

Ich stolperte über meine eigenen Füße und plumpste auf meinen Stuhl.

»Dann war ich eben noch bei meiner Patientin Frau Silberling«, fuhr er fort, als hätte ich ihm nicht gerade eine Slapsticknummer geboten. »Sie war völlig aufgelöst, und die Oberschwester hat mir mitgeteilt, dass sie eine unbotmäßige Besucherin hinauswerfen musste, die für den Zustand der Patientin verantwortlich sei.« Er rührte seinen Tee um und sah mir immer noch in die Augen. Genau genommen brannte sich sein Blick in meine Augen. Immerhin hielt ich seinem Blick stand. »Ich habe dann mit Frau Silberling gesprochen, und die hat mir versichert, dass Sie gerade ihren größten Wunsch erfüllt hätten.« Er trank einen Schluck Tee und sah mir erneut in die Augen. Wenn das so weiterging, wäre ich hypnotisiert. Ich sah mich schon unter der Decke des Ladens schweben.

»Das ist nur, ihre Nichte, also, die kommt. Sie besuchen«, stammelte ich.

»Das ist sehr schön. Ich gebe zu, dass ich zunächst ein bisschen misstrauisch war. Ich habe gedacht, dass Sie den Selbstmord der alten Dame verhindert haben, um zu erreichen, dass sie ihr Testament zu Ihren Gunsten ändert.«

»Ein interessanter Gedanke«, bestätigte ich.

»Ja, aber es passt nicht zu Ihnen.«

Das fand ich wiederum sehr nett von Dr. A. Liebermann. Dass er mich nicht für eine Betrügerin und Erbschleicherin hielt.

»Sie haben da eine schöne Familienzusammenführung eingeleitet, und ich glaube, dass Sie auch den richtigen Riecher hatten, was die Ursache von Frau Silberlings Problem angeht. Und vielleicht haben Sie auch die richtige Lösung. Ich habe jedenfalls der Entlassung der alten Dame zugestimmt.«

»Wann wird sie denn entlassen?« fragte ich mit piepsiger Stimme.

»Morgen früh.« Er stand auf und stellte seine Untertasse ab. »Vielleicht sehen wir uns dann. Ich würde mich freuen.«

Dann war er weg und ich saß immer noch da. Ein bisschen hypnotisiert. Vielleicht auch ein bisschen verknallt.

Nach so vielen zwischenmenschlichen Begegnungen brauche ich immer eine Weile, um mich zu besinnen. Ich gehe dann nochmal Stück für Stück die Gespräche durch, bleibe an einzelnen Sequenzen hängen, die mir aus der Erinnerung heraus noch einmal vorsage, und ich versuche, mich an den Gesichtsausdruck meiner Gesprächspartner zu erinnern. Man könnte auch sagen, dass ich eine lange Leitung habe und nicht gleich beim ersten Mal alles kapiere. Es ist gut möglich, dass ich bei diesem Vorgang keinen allzu intelligenten Gesichtsausdruck aufsetze. Während Jonas den größten Teil des Nachmittags mit Lesen und ich mit Erinnern zubrachten, ließen uns die Kunden in Ruhe. Es war wirklich erstaunlich, welche Tiefenentspannung der verzauberte Laden bei mir auslöste. Und ich kann wohl behaupten, dass dasselbe auch für Jonas galt. Ich ging hin und wieder zu ihm hinüber und horchte, ob er noch atmete. Ziemlich spät am Nachmittag, als ich nicht mehr mit einem Kunden rechnete und deshalb erwog, einfach mal früher zu schließen, gab die Türglocke ein elfenhaftes Läuten von sich. Ein distinguiert aussehender älterer Herr mit grauem Haar betrat den Laden. Er trug einen teuer aussehenden Kaschmirmantel und einen grauen Schal, der nicht gerade selbstgestrickt wirkte. Auch wenn ich ziemlich träge war, hatte die Mediation am Nachmittag meine Kräfte zurückgeholt, und ich sprang auf, um den Kunden zu begrüßen.

»Guten Tag, was kann ich für Sie tun?«

Der Mann wirkte, als hätte er den Weg durch sein nicht ganz kurzes Leben bisher recht gut gefunden. Hier im Laden sah er sich allerdings ein bisschen ängstlich um. Vielleicht befürchtete er, dass ein Weihnachtself hinter der chinesischen Vase hervorspringen würde. Und ich war nicht diejenige, die ihm versprechen konnte, dass das nicht passieren würde.

»Tja, äh«, machte er.

Ich hob fragend die Augenbrauen.

»Das ist jetzt ein bisschen heikel.«

»Dann würde ich sagen, wir setzen uns. Ich mache uns frischen Tee, und ich habe leckere Kekse von Susi Blohm da.«

Der Mann sah nicht so aus, als würde er sich über diese Einladung freuen, aber schließlich hielt ich ihn ja nicht mit Gewalt fest.

»Gern«, sagte er schließlich.

»Hängen Sie Ihren Mantel an die Garderobe, und stören Sie sich nicht an Jonas, der merkt im Augenblick nichts.«

Ich kochte Tee und stellte den Teller mit den Keksen mit dem Marmeladenklecks hin, von denen ich glücklicherweise Nachschub besorgt hatte. Mit der Ferse schob ich das obstinate Buch unauffällig ins Regal zurück.

»Suchen Sie vielleicht etwas Bestimmtes oder etwas Ausgefallenes?« fragte ich, während ich Tee einschenkte.

Ohne zu antworten nahm er die Tasse und nippte daran, obwohl das Getränk noch glühend heiß sein musste. Um die Tasse auf den Tisch zurückzustellen, nahm er sich praktisch einen halben Tag Zeit. Wenn das so weiterging, würde ich den Laden nicht früher, sondern später schließen.

»Lassen Sie sich Zeit«, sagte ich und fügte einen Hauch von Sarkasmus hinzu.

»Sie müssen mich für einen senilen alten Trottel halten, aber das hier ist nicht ganz leicht für mich.«

Darauf wäre ich nie gekommen.

»Ich bin auf Geheiß meiner Frau hier, die mir mit Scheidung nach vierzig Jahren Ehe gedroht hat, wenn ich nicht irgendetwas unternehme.«

Ich hatte keine Idee, wie ich auf diese Mitteilung reagieren sollte. Ich bemühte mich, freundlich und kompetent zu gucken. Zu mehr war ich nicht imstande.

Er seufzte, trank noch einen Schluck Tee, und ich guckte derweil Löcher in die Luft.

»Zudem bin ich gar nicht sicher, ob ich bei Ihnen richtig bin.«

Das allerdings war eine Bemerkung, die eine Spur von Verärgerung bei mir hervorrief. Ich war weder die Wohlfahrt noch ein Teehaus, und mein Laden konnte wohl schlecht mit einem Supermarkt oder einer Bankfiliale verwechselt werden.

»Wissen Sie, es geht um meine Tochter.«

Dieser Satz stand eine Weile im Raum. Er war froh, den Anfang gemacht zu haben, und bei mir klickerten einige Synapsen mit den Kastagnetten. Allmählich ahnte ich, worum es hier ging. Die Spannung stieg.

»Das hier ist eigentlich nicht die Art von Geschäft, die meine Tochter aufsuchen würde.« Er packte meinen Unterarm mit seiner manikürten Hand. »Womit ich selbstverständlich nichts gegen Ihr Geschäft sagen möchte. Ganz im Gegenteil. Das ist wirklich …« Er sah sich um, und sein Gesichtsausdruck veränderte sich. Offenbar hatte ihn sein Problem so sehr gefangen gehalten, dass ihm der Zauber des Ladens entgangen war. »Zauberhaft.« Und es klang so, als meinte er es ernst.

»Danke«, sagte ich, als er seine Hand zurückzog.

»Haben Sie schon mal daran gedacht, ein Franchisesystem aufzuziehen?«

Diese Frage kam mir bekannt vor.

»Herr Schröder, richtig?«

Er bekam große Augen. »Richtig.« Er gab mir die Hand. »Wilfried Schröder. Den Doktor lassen wir jetzt mal weg. Ist nicht so wichtig.«

»Nele Hansen.«

»Sie können sich also an den Vorfall erinnern?«

An den Vorfall, bei dem seine engelsgleich aussehende, von ihrem Naturell her jedoch eher einer Furie gleichende Tochter sich einen handfesten Streit mit ihrem Verlobten in meinem Laden geliefert hatte? Daran konnte ich mich sehr gut erinnern. Die beiden hatten offenbar nicht nur den Laden in unterschiedliche Richtungen verlassen.

»Die zwei haben sich nicht wieder zusammengerauft?« fragte ich.

Er schüttelte traurig den Kopf. »Es ist grauenvoll«, raunte er. »Im Büro macht mir meine Tochter die Hölle heiß, zuhause meine Frau.«

»Aber was haben Sie damit zu tun? Haben Sie den jungen Mann für Ihre Tochter ausgesucht?«

Dr. Wilfried Schröder lächelte müde. »Da kennen Sie meine Tochter aber schlecht. Die sucht sich alles selbst aus und nimmt es sich dann auch gleich. Aber Jan, also mein eventueller Schwiegersohn, arbeitet in meiner Kanzlei. Er ist dort als Jurist tätig. Katharina, meine Tochter, ist Wirtschaftsprüferin und ständig auf Reisen zu den Mandanten. Ich habe den Eindruck, dass die beiden ein Kompetenzproblem haben. Und möglicherweise noch weitere Probleme.«

Das war auch mein Eindruck.

»Mir schien, als sei eines der Probleme zu wenig Zeit, die die zwei miteinander verbringen, wobei die Schuldzuweisungen nicht erkennen ließen, an wem es liegt«, erwiderte ich.

Dr. Schröder steckte sich einen Keks in den Mund. »Na, ganz klar an Katharina. Die ist ehrgeizig und sucht sich die großen Firmen zum Prüfen aus, und die haben ihren Sitz nun mal nicht direkt vor unserer Haustür. Also ist sie oft wochenlang unterwegs.«

»Okay, damit wäre der Punkt geklärt, aber da die beiden Akademiker sind, werden sie wohl selbst darauf kommen«, gab ich zu bedenken.

»Sollte man meinen, sollte man meinen.« Dr. Schröder wiegte bedenklich das Haupt.

»Und wo liegt dann Ihrer Meinung nach der Hase im Pfeffer?«

Er sah mich aus seinen blauen Augen an. Und zog eine Grimasse.

»Sie haben keine Ahnung, wie?«

Er schüttelte den Kopf.

»Soviel kann ich Ihnen verraten«, antwortete ich. »Hier im Laden hat sich nicht gerade die Schlüsselszene der Konfliktreihe der beiden abgespielt. Sie hat ihm vorgeworfen, dass er ihr den Kauf des Verlobungsrings versaut habe, und er hat ihr vorgeworfen, dass sie ständig unterwegs sei und dann auch noch den einzigen Tag vermurkst, an dem sie dafür Zeit haben, den Ring auszusuchen.« Ich wandte mich um. »Die Schlüsselszene müsste eigentlich drüben beim Juwelier stattgefunden haben.«

»Da komme ich gerade her. Der Juwelier hat mich zu Ihnen geschickt. Er hat gesagt, dass die beiden hier hineingestürmt sind, nachdem sie dort einer nach dem anderen das Geschäft verlassen haben.«

»Ja und?« fragte ich. »Was hat der Juwelier gesagt? Worüber haben sich die beiden gestritten?«

Dass man Männern aber auch immer alles aus der Nase ziehen muss.

Wilfried Schröder hob die Schultern. »Er hat keine Ahnung. Er sagt, dass es gerade um die Frage ging, welche Goldlegierung oder doch Platin und plötzlich sei ein Streit entbrannt und Katharina heulend aus dem Laden gestürmt.«

Ich seufzte. Wäre der Juwelier eine Frau, säßen wir jetzt nicht hier und würden uns den Kopf zerbrechen. Sie hätte Herrn Dr. Schröder sagen können, was die Ursache des Streits war, und vielleicht auch eine Lösung vorschlagen.

»Tja«, machte ich, weil ich auch nicht recht weiter wusste.

»Sie könnten nicht vielleicht …«

Was könnte ich? Den Juwelier befragen? Seine Tochter nach dem Grund für den Streit fragen? Die Regenrinne reparieren?

»Wissen Sie, wir haben am zweiten Weihnachtstag die ganze Familie zu Besuch und ein paar Freunde eingeladen, um die Verlobung zu feiern. Meine Frau ist seit einem halben Jahr mit der Vorbereitung beschäftigt. Wenn ich das hier nicht wieder hinkriege, dann …«

»Sieht es Weihnachten düster für Sie aus«, beendete ich seinen Satz.

Er sah traurig aus und nahm sich noch einen Keks.

»Geben Sie mir mal Ihre Visitenkarte. Ich werde Ihre Tochter aufsuchen und ihr erzählen, dass ich diesen Franchisekram vorhabe. Vielleicht kann ich ihr gesprächsweise etwas entlocken.«

»Das würden Sie tun?« Seine Augen leuchteten. Aus einem teuer aussehenden Lederetui nahm er eine ebenso teuer aussehende Visitenkarte heraus. »Sie haben etwas gut bei mir.«

»Ich kann nichts versprechen«, sagte ich. »Aber ich werde mir alle Mühe geben.«

Als er aufstand, nahm er meine Hand mit beiden Händen. »Es war wirklich sehr schön hier bei Ihnen. So eine angenehme Atmosphäre. Es geht mir schon viel besser. Vielen Dank.«

Er zog seinen Mantel an und verließ den Laden. Ein Blick auf den Keksteller sagte mir, dass er meinen gesamten Vorrat an Susi Blohms Marmeladenkeksen vertilgt hatte.

Am Abend lag ich in Hermann Habenichts Bett mit dem flauschigen Bettzeug, in dem man so herrlich versank. Jonas hatte sich angewöhnt, mir immer einen Toffee aufs Kopfkissen zu legen, den ich lutschte, während ich den Tag noch einmal an mir vorüberziehen ließ. Und erstaunlicherweise gab es immer eine Menge zum Nachzudenken, wobei das Wenigste mit dem Laden zu tun

78

hatte. Vermutlich müsste ich mal eine Abrechnung machen oder vielleicht eine Steuererklärung abgeben. Aber dazu blieb in all dem Trubel keine Zeit. Als ich den Laden verließ, saß Jonas immer noch im Ohrensessel. Das Buch hatte er zu einem Drittel durchgelesen und war nach wir vor nicht ansprechbar. Ich nahm an, dass er ins Bett gehen würde, wenn er es durchgelesen hatte. Anderenfalls würde ich ihn wohl am nächsten Morgen immer noch im Sessel vorfinden. Für den nächsten Tag stand allerdings schon wieder eine ganze Menge auf meiner Liste. Die Begegnung mit Katharina Schröder stand mir ein wenig bevor, aber ich freute mich darauf, Dr. A. Liebemann wiederzusehen, wenn ich Frau Silberling aus dem Krankenhaus abholte.

Da ich nicht wusste, wann Frau Silberling entlassen wurde, machte ich mich früh auf den Weg zum Krankenhaus. Ich bildete mir ein, dass das auch meine Chancen erhöhen würde, auf Dr. A. Liebermann zu treffen. Möglicherweise war er anschließend den ganzen Vormittag damit beschäftigt, anderer Leute Organe neu zu sortieren oder hübsche Nähte zu sticken. Der Oberschwester wollte ich auf keinen Fall begegnen. Aus diesem Grund war ich sehr wachsam, als ich den Gang zum Krankenzimmer von Frau Silberling hinunterging. Bis ich an ihre Tür klopfte, war es zu keiner Begegnung gekommen. Weder zu der gewünschten noch zu der unerwünschten.

»Herein«, rief ein schwaches Stimmchen.

Frau Silberling saß vollständig angezogen auf ihrem Bett, neben sich die kleine Reisetasche, die Jonas für sie gepackt hatte. Sie trug bereits Mantel, Schal und Hut und schien seit unserer letzten Begegnung um ein Drittel geschrumpft zu sein.

»Hallo Frau Silberling«, posaunte ich. »Wie schön, Sie zu sehen.«

»Danke gleichfalls.«

Ich griff nach der Reisetasche. »Sind Sie bereit für die Fahrt nach Hause?«

Sie nickte traurig. So als hätte ich ihr vorgeschlagen, noch einen Abstecher in den Operationssaal zu machen. Ich setzte mich neben sie.

»Sie wollen gar nicht so übermäßig gern nach Hause, wie?« fragte ich.

Sie legte ihre Hand auf meinen Unterarm, was in etwa der Berührung eines Schmetterlingsflügels gleichkam. »Das Haus ist viel zu groß für mich allein.«

»Da machen Sie sich mal keine Sorgen«, beruhigte ich sie und legte meine Hand auf ihre. Immerhin hatte Jonas das Haus sehr schön weihnachtlich geschmückt, und ich war eben noch dort, um den Kühlschrank aufzufüllen. Und dann hatte ich ja noch meinen letzten Trumpf im Ärmel. »Sie werden dort gar nicht wieder wegwollen.«

»Wenn Sie meinen«, sagte sie niedergeschlagen.

»Kommen Sie, Frau Silberling. Wir packen die Dinge jetzt mal an.« Ich nahm die Reisetasche auf und fasste mit der anderen Hand ihren Arm.

Ich hatte zwar keine Hand mehr frei, um die Tür zu öffnen, aber das war auch nicht nötig. Die wurde von außen geöffnet, und Dr. A. Liebermann stand vor uns. Und grinste mich an.

»Zwei unternehmungslustige Damen!« stellte er fest. »Frau Silberling, fühlen Sie sich stark genug, um nach Hause zu gehen?«

»Natürlich!« dröhnte die kleine Person neben mir, die um ein Drittel gewachsen zu sein schien und gar nicht mehr bedrückt wirkte. »Hier gibt's nichts Anständiges zu essen, und Ihre Oberschwester ist ein Drachen.«

Er beugte sich zu ihr hinunter. »Ganz im Vertrauen. Die Schwester Hiltrud haben wir nur eingestellt, damit die Leute nicht zu lange bleiben.«

Die beiden kicherten über diesen Arztwitz, dann wurde der Doktor wieder ernst. »Ich sehe dann nachher mal bei Ihnen vorbei.«

»Zuhause?« fragte ich erstaunt. »Wäre das nicht eine Sache für den Hausarzt?«

»Wir kümmern uns hier immer gern persönlich um unsere Patienten.« Er warf mir einen Blick zu. »Und ihre Angehörigen.«

Ich bekam rote Wangen. Glaubte ich jedenfalls.

Frau Silberling befreite sich aus meinem Griff und kniff dem Arzt in die Wange. »Das ist schön.« Sie tätschelte die Stelle, an der sie ihn gekniffen hatte. »Ich habe lange keinen Besuch von einem jungen hübschen Mann bekommen.«

Ich war kurz versucht, ihr beizupflichten, aber ich schwieg.

Dr. A. Liebermann trat beiseite, um den Weg freizumachen. »Bis später dann.«

Ich warf ihm einen Blick über die Schulter zu, so dass er Gelegenheit hatte, mir noch einmal intensiv in die Augen zu sehen. So ein schmucker Arzt aber auch.

Auf der Fahrt zu ihrem Landhaus schien Frau Silberling wieder etwas zu schrumpfen. Vermutlich machte ihr die Aussicht auf ein Leben ganz allein in diesem riesigen Schuppen immer noch Angst. Das wäre verständlich gewesen, wenn sich nichts verändert hätte. Hatte es aber. Zum Beispiel stand jetzt ein beleuchtetes Riesenrentier auf der schneebedeckten Rasenfläche neben dem Rondell. Unter dem Dachfirst hingen Lichterketten und beleuchtete Kugeln in den Fenstern. Jonas hatte eindeutig zu viele kitschige amerikanische Weihnachtsfilme gesehen. Gott sei Dank war seine Zeit begrenzt, sonst wäre Frau Silberlings Stromrechnung in diesem Monat ins Unermessliche gestiegen. Nach und nach richtete sie sich auf dem Beifahrersitz auf. Ich fuhr sehr langsam die Auffahrt zum

Landhaus hoch, so dass sie ausreichend Zeit hatte, die Pracht zu bewundern. Und ich muss zugeben, dass es wirklich sehr hübsch aussah.

»Haben Sie das gemacht?« fragte sie ehrfürchtig.

»Nein, das war Jonas, Ihr neuer Enkel.« Ich sprang aus dem Wagen und öffnete die Beifahrertür.

»Das ist wirklich sehr hübsch geworden.«

Vorsichtig half ich ihr aus dem Lieferwagen. »Ja, er hat ein Händchen für Dekorationen.«

Und fürs Lesen. Am Morgen hatte ich ihn tatsächlich schlafend im Ohrensessel vorgefunden, das Buch war ihm aus der Hand und auf den Boden gefallen. Glücklicherweise hatte das Buch nicht die Maus unter sich begraben.

Ich nahm Frau Silberling fest an die Hand und führte sie über den schneebedeckten Weg. »So, dann kommen Sie mal rein in die gute Stube.«

Ich öffnete die Tür, und wir traten den Schnee von den Stiefeln. Jonas hatte auch in der Eingangshalle Lichterketten aufgehängt. Er wollte noch eine Tanne besorgen und sie in der Halle aufstellen. Frau Silberling knöpfte gerade ihren Mantel auf, als mein Überraschungsgast aus der Küche heraustrat.

Sie kennen mich inzwischen ein wenig. Es hat keinen Wert, dass ich mir zurechtlege, was ich sagen will. Im entscheidenden Moment herrscht in meinem Kopf gähnende Leere, und das, was ich dann sage, verstehe nicht einmal ich. Also schenkte ich mir die Überlegung, was ich Dr. Katharina Schröder sagen würde, wenn sie vor mir stand. Ich vertraute einfach auf meine Intuition. Ich war an diesem Morgen ohnehin durcheinander, nachdem mir Dr. A. Liebermann einen Blick aus seinen schokoladenbraunen Augen zugeworfen hatte. Ich suchte also das große Gebäude in der Innenstadt auf, in dem zahlreiche Kanzleien ihren Sitz hatten, unter anderem die Wirtschaftsprüfungs- und Rechtsanwaltskanzlei Dr. Schröder & Partner. An dem winzigen Tresen in der riesigen Eingangshalle bekam ich einen Besucherausweis an meinen Mantelkragen gezwickt und musste darauf warten, dass mich jemand abholt. Dieser Jemand war eine freundliche junge Frau, die mit mir den Fahrstuhl bestieg und in ein Stockwerk hochfuhr, das offenbar höher lag als das Dach. Jedenfalls kam es mir so vor. Sie führte mich durch ellenlange, mit dunkelblauem Teppich ausgelegte Flure und setzte mich dann in eine elegante Sitzgruppe, wo ich erneut warten sollte. Allerdings wurde mir die Wartezeit mit Kaffee und Plätzchen versüßt. Von den Plätzchen vertilgte ich eine ganze Menge, sozusagen als Revanche für die Marmeladenkekse, die Dr. Wilfried Schröder bei mir verputzt hatte. Gerade als ich anfing mich zu langweilen, holte mich die junge Frau und brachte mich in ein Büro.

»Guten Morgen, das ist ja eine Überraschung«, begrüßte mich Dr. Katharina Schröder, die an diesem Vormittag überhaupt nichts Engelsgleiches mehr an sich hatte. Dieser Eindruck hielt sich offenbar nur in meinem Geschäft. Hier in ihrem mit Chrom und schwarzem Holz ausgestatteten Büro verströmte sie eher das Image einer kühlen Blonden, der es keine Probleme bereitete, sechzig Leuten zu sagen, dass sie entlassen seien und dass ihre Arbeit schon seit zehn Jahren überflüssig war. Mir jedenfalls gefror das Blut in den Adern, und ich war froh, mir keinen Text zurechtgelegt zu haben.

»Ich wollte mal sehen, wie es Ihnen geht«, sagte ich, nachdem sie meine Hand aus einem kräftigen Händedruck entlassen hatte.

Ein Schatten huschte über ihr Gesicht, aber sie hatte sich schnell wieder im Griff. »Danke, gut.«

Wir nahmen in einer Sitzgruppe Platz, wo sie die Beine übereinanderschlug, den linken Unterarm auf die Armlehne legte und die Hände faltete. Sie sah aus wie eine Psychologin, die mich eben gefragt hatte, wo denn der Schuh drückte.

»Alles wieder in Ordnung mit Ihrem Verlobten?« ließ ich nicht locker.

»Danke, alles Bestens!« Ihr Lächeln wurde etwas dünn. »Haben Sie mal über Franchising nachgedacht?« versuchte sie das Thema zu wechseln.

»Nur sehr kurz. Ich habe eigentlich mehr darüber nachgedacht, ob sich das mit Ihnen und Ihrem Verlobten wieder eingerenkt hat. Wissen Sie, dass zwei so schöne und kluge Menschen nicht miteinander auskommen sollen, will mir einfach nicht in den Kopf.«

Ich hielt dem Blick aus ihren blauen Augen stand, und ich kann Ihnen sagen, dass mich das eine Menge Kraft kostete.

Plötzlich wich die Spannung aus ihrem Körper, das Lächeln verschwand vollständig und ihre Augen füllten sich mit Tränen.

»Sie sind ein Glückspilz, wissen Sie das eigentlich?« fragte ich, während ich ein Taschentuch aus meiner Handtasche nahm und es ihr reichte. Es war zwar nicht aus Seide und trug kein Monogramm, aber es war sauber. »Dieser junge Mann, Jan, sieht super aus, ist ein freundlicher Mensch und …« Ich versuchte mich an irgendeine positive Eigenschaft ihres Verlobten zu erinnern. »Und er hat Geschmack. Und ich glaube, er liebt Sie.«

Sie schnäuzte sich wenig damenhaft, und ich machte mich darauf gefasst, hinauskomplimentiert zu werden. »Ja«, schluchzte sie.

Schön, dann mussten wir nur noch zum Kern der Sache vorstoßen.

»Worüber haben Sie sich denn gestritten?« fragte ich mit sanfter Stimme.

»Über gar nichts.«

»Hm.« Auf dem Gebiet, gar nichts in den Griff zu kriegen, bin ich eigentlich Expertin, aber hier fehlte mir jeglicher Anknüpfungspunkt. »Vielleicht ist Ihnen alles zu viel geworden? Möglicherweise haben Sie, als Sie den Verlobungsring in der Hand hielten, Muffensausen gekriegt? Angst vor den Veränderungen, die eine Ehe so mit sich bringt? Dass Sie plötzlich nicht mehr frei sein werden, zu reisen, die Bilanzen Ihrer Kunden zu prüfen? Und stattdessen ans Haus gefesselt sind, inmitten quengelnder Babys?« Ich fand dieses Szenario nicht allzu schlimm, aber ich konnte mir Dr. Katharina Schröder in ihrem Designerkostüm darin nicht vorstellen.

Sie sah mich mit großen Augen an und trompetete dann erneut in ihr Taschentuch.

»Jan wünscht sich Kinder.« Ihre Stimme klang nasal, weil ihre Nase immer noch im Taschentuch steckte.

»Und Sie?«

»Ich auch.«

Ich schickte ein Stoßgebet gen Himmel, dass mir die Erleuchtung kommen möge. Weit und breit konnte ich kein Problem erkennen. »Das ist doch schön«, sagte ich und verkniff mir die ungehaltene Nachfrage, wo denn verdammt nochmal das Problem lag. »Sie sind doch sicher in der Lage, sich professionelle Hilfe für die Kindererziehung zu suchen. Eine Nanny, eine Kita, Ballettunterricht mit acht Monaten.« Der letzte Vorschlag klang zugegebenermaßen ein bisschen gemein, denn wenn das alles hier keine Fassade war, gehörten Geldsorgen nicht zu den Problemen der Schröders.

»Auf gar keinen Fall.« Schon wieder etwas in ihre alte Rolle zurückgekehrt, tupfte sie sich elegant die Nase. »Davon halte ich gar nichts. Kindergarten, Internat, so etwas. Da werden die Kinder monatelang von ihren Eltern getrennt.« Sie schüttelte vehement den Kopf. »Nicht mit mir.«

»Hat Jan das denn verlangt?«

»Nein.«

Ich seufzte. Vielleicht lag es ja auch an mir, denn ich konnte einfach kein Problem sehen.

»Er wünscht sich, dass ich zuhause bleibe und mich um die Kinder kümmere.« Sie lächelte und erinnerte mich zum ersten Mal in diesem Gespräch an die elfenhafte Erscheinung, die ich im Laden kennengelernt hatte. »Wir wollen nämlich mehrere Kinder.«

Gut, das könnte ein Problem sein, denn wenn sie auch nur zwei Kinder im Säuglings- und Kleinkindalter hatte, würde es sich als schwierig erweisen, damit nach Singapur zu reisen. Es sei denn, sie schnallte sich eines vor den Bauch und eines auf den Rücken. Allerdings konnte es niemand, auch nicht der Effizienteste, schaffen, zuhause zu bleiben und gleichzeitig die Kinder zu hüten.

»Jan und ich sind uns da sehr einig, was das anbetrifft.«

»Warum haben Sie dann gestritten?« Ich hörte selbst, dass ich ein bisschen ungeduldig klang.

»Mein Vater«, begann sie erneut zu schluchzen.

Ach du grüne Neune.

»Er wünscht sich so sehr, dass ich die Leitung der Kanzlei übernehme.« Erneutes Schnäuzen.

Ausgeschlossen. »Sie müssen mit Ihrem Vater sprechen.«

»Das kann ich nicht«, kam es abgehackt und von Schluchzern geschüttelt.

Wie bitte? Diese Frau, die mir mehr Angst eingejagt hatte als eine Geisterbahn, fürchtete sich vor ihrem Vater. Naja, vermutlich nicht vor ihrem Vater, sondern davor, ihn zu enttäuschen. Ich hatte Dr. Wilfried Schröder zwar nur kurz kennengelernt, aber ich war mir sicher, dass er Verständnis für das Dilemma seiner Tochter aufbrachte. Fragte sich nur, ob er bereit war, von seinem Nachfolgewunsch abzurücken. Immerhin winkte dafür ja die Aussicht auf einige Enkel.

»Können Sie das nicht machen?«

Ich sah überrascht auf. Dr. Katharina Schröder hatte mit ganz klarer Stimme gesprochen, und auch der Tränenfluss war versiegt.

»Bitte.«

Damit hatte sie mich. »Ähm.«

Sie sprang auf. »Im Augenblick ist er nicht im Büro, aber ich sage seiner Sekretärin sofort, dass Sie morgen um elf einen Termin in seinem Kalender blockieren soll.« Sie ging zu ihrem Schreibtisch hinüber und instruierte die Sekretärin telefonisch. »Das passt Ihnen doch, oder?« fragte sie mich, nachdem sie aufgelegt hatte.

Für mein Verständnis kam diese Frage zu spät, aber das war jetzt auch egal. Ich nickte.

»Prima.« Als sie auf mich zukam, hatte sie nichts mehr von der bedrückten Frau von eben an sich. Sie wirkte auf mich eher wie jemand, der mir für das eben geführte Gespräch ein sattes Stundenhonorar abknöpfen würde. Ich stand auf, und unter vielen Dankesbekundungen geleitete sie mich zur Tür und schob mich hinaus, so dass ich mich eine Sekunde später mit einem Auftrag auf dem Flur wiederfand. Ich konnte mir nicht helfen. In meinen Augen hatte Dr. Katharina Schröder etwas Manipulatives an sich.

Als ich den Laden betrat, stand ein riesiger grüner Klotz vor mir. Bei näherem Hinsehen entpuppte sich der Klotz als ein Tresor etwa aus der Zeit des mittleren Pleistozän. Das Smaragdgrün war zugegebenermaßen sehr hübsch, auch der goldfarbene Drehknopf in Form eines Lenkrades mit dem Ziffernring drumherum wirkte eher schön als notwendig, aber was zum Teufel sollten wir in unserem zauberhaften Weihnachtsladen mit so einem vermutlich furchtbar schweren Ungetüm anfangen?

»Jonas!«

»Hier.« Jonas tauchte aus den Tiefen des Ladens auf, in der Hand hielt er einen Staubwedel.

»Was ist das?«

»Das ist ein Tresor.«

Ich hielt meinen Mund und gab ihm durch Blicke zu verstehen, was ich zu dem Ding und zu seiner Antwort zu sagen hatte.

Er kratzte sich am Kopf. »Das ist echt der Hammer«, sagte er. „Das ist ein C4 achthunderelfer. Genau so einen

Tresor sucht Herbert Meier vom Gebrauchtwagenhandel am Ende der Straße schon seit Jahren. Im Gebrauchtwagenhandel wird ja ziemlich viel mit Bargeld gearbeitet, und der Herbert schafft es abends nicht immer, seine Einnahmen zur Bank zu bringen. Das liegt daran, dass auf seinem Heimweg der *Goldene Marillenbrand* liegt, und da kehrt er dann ein und hat immer einen dicken Stapel Geldscheine in der Brusttasche. Man kann sich ja ausmalen, dass davon ein Teil direkt in Marillenbrand umgesetzt wird, und das schmeckt natürlich seiner Hilde überhaupt nicht. Das gab schon häufig eine Menge Ärger.«

Ich schluckte die Bemerkung hinunter, dass es hier auch gleich eine Menge Ärger geben würde. »Woher kommt dieses Ding?«

Jonas hob die schmalen Schultern. »Ich habe keine Ahnung. Ich dachte, Sie hätten das Teil günstig geschossen.«

»Einen Tresor? Ich hätte einen Tresor gekauft? Und ihn dann auch noch mitten in den Weg gestellt? Ein Ding so schwer wie ein Meteorit? Kannst du mir mal sagen, wie wir den jemals hier wegschaffen sollen?«

Jonas machte eine beleidigte Miene und bearbeitete einen Kronleuchter mit seinem Staubwedel.

»Ich dachte, wir hätten so etwas wie ein …« Ich stockte. Was für eine Art von Geschäft führten wir hier eigentlich? Der Laden hatte keinen Namen. Und Hermann Habenicht hatte alles Mögliche im Angebot. Antiquitäten, ein bisschen Kunst, Weihnachtsschmuck, dies und das und eine behagliche Atmosphäre, die ich aber nicht zu den Verkaufsartikeln zählte. Was wir nicht waren, war ein Großhandel für Tresore. Seufzend zog ich meine Mütze vom Kopf und wickelte meinen Schal vom Hals. Diese Sache mit der heimeligen Atmosphäre hatte diesmal nicht funktioniert. Statt nach meiner Rückkehr Ruhe, Gelassenheit und Behaglichkeit zu empfinden, ärgerte ich mich über einen Stahlklotz mitten in meinem Geschäft. »Dieses Ding muss jedenfalls weg. Ruf diesen Autohändler an und sag ihm, dass wir ihm den Tresor schenken, wenn er ihn abholt.«

Jonas stand da und seine Arme hingen so schlaff herunter wie der Staubwedel.

»Was?« fragte ich.

»Es gibt da ein klitzekleines Problem«, sagte Jonas.

»Was?« fragte ich seufzend.

»Naja, ich kenne die Nummernkombination nicht. Und ein Tresor, den man nicht öffnen und schließen kann, ist im Grunde nichts wert.«

Erinnern Sie sich daran, was ich zu Beginn der Geschichte sagte? Dass in dem Geschäft von Hermann Habenicht merkwürdige Dinge geschahen? Und ich rede hier nicht von der Maus, mit der ich regelmäßig frühstückte, oder dem wandernden Buch. Ich rede von dem Tresor. Herbert Meier braucht dringend einen Tresor, um seine Ehe zu retten, und in meinem Laden taucht wie aus dem Nichts ein Tresor auf. Und zwar genau in der Ausführung, die der Autohändler sucht.

Allerdings war dieser Tresor vollkommen wertlos, weil man nichts hineinlegen konnte. Ich umrundete den Fremdkörper und betrachtete ihn von allen Seiten, aber mir kam keine Idee, wie man ihn öffnen könnte. Ich trat dagegen, aber außer, dass meine Zehen schmerzten, geschah nichts.

Jonas hatte sich in der Zwischenzeit wieder dem Staubwischen hingegeben und war im Laden verschwunden. Offenbar hatte er nicht vor, an der Lösung dieses Problems mitzuwirken. Vorsorglich prüfte ich, ob sich das Ding vielleicht öffnen ließ, weil er vielleicht gar nicht abgeschlossen war, aber es tat sich nichts. Ich beschloss, dass ich eine Pause brauchte, und setzte mich in den Ohrensessel.

Es musste doch Leute geben, die so einen Tresor öffnen konnten. Ja, sicher, beantwortete ich mir meine Frage. Die Panzerknacker oder eine Herde Elefanten. Ich könnte ihn auch aus dem hundertsten Stock eines Hochhauses fallen lassen. Wenn ich ihn denn dort hinaufbekäme. Dieser Vormittag war ausgesprochen anstrengend gewesen, es waren wieder einmal merkwürdige Dinge passiert. Und wenn ich die Augen schloss, sah ich das Gesicht von Dr. A. Liebermann vor mir. Ein hübscher junger Mann, wie Frau Silberling gesagt hatte. Es gibt unangenehmere Bilder, die vor dem inneren Auge auftauchen können.

Ich dämmerte allmählich weg und wachte erst auf, als ich Stimmen im Laden hörte. Na toll, Kunden im Geschäft, und die Inhaberin sitzt schlafend im Sessel. Möglichst unauffällig richtete ich mich auf, um nicht eventuell einen Kunden zu erschrecken, der mich für eine wenig ansehnliche Deko gehalten hatte. Eine Weile lauschte ich dem Verkaufsgespräch, das Jonas führte. Das heißt, er sprach, der Kunde hörte zu. Im Augenblick lauschte er Jonas' Vortrag über die Vorteile schäbig aussehender Möbel. Interessant. Von meinem Mitarbeiter konnte ich noch eine Menge lernen.

»Das ist wirklich hübsch«, sagte der Kunde nach einer Weile. »Nicht so ein null acht fuffzehn Ding.«

Elektrisiert sprang ich auf, woraufhin der Kunde, der nur anderthalb Meter von mir entfernt eine Kommode inspizierte, die hier schon seit ewigen Zeiten herumstand, einen Schreck kriegte und eine Pseudo-Ming-Vase ins Schwanken brachte, die Jonas gerade noch auffangen konnte.

»Entschuldigung!« rief ich und hastete zum Tresor. Ich kniete mich davor, fasste das goldene Rad mit beiden Händen an und drehte es. Null. Acht. Eins. Fünf. Es klickte. Ich zog. Er ging auf.

»Yes! Yippieh! Er ist offen! Jonas! Juhu! Er ist offen! O f f e n!« Ich vollführte eine Art Regentanz um den Tresor herum.

Mir entging nicht der entschuldigende Blick, den Jonas dem etwas irritierten Kunden zuwarf. Sollte die Kommode immer noch nicht verkauft werden können, ginge das voll auf meine Kappe. Ich kniete mich vor den Tresor und sah hinein. Viel war nicht drin. Nur ein großer brauner Umschlag. Ich klappte die Lasche beiseite und sah darin einen Stapel Papiere. Nein, keine Geldscheine, wie Sie vielleicht dachten.

Der Kunde suchte schnell das Weite. Aber immerhin hatte Jonas ihm die Kommode verkauft, wofür ich meinem

Mitarbeiter einen Bonus zahlen würde. Der hatte mit dem Kunden die Einzelheiten der Lieferung geklärt und ihn dann zur Tür gebracht. Jonas warf einen Blick auf den Tresor und kam dann zu mir an den Schreibtisch.

»Du kannst Herrn Meier anrufen. Wenn er das Trumm selbst abholt, kriegt er den Tresor umsonst.«

»Tatsächlich?« Jonas kratzte sich am Kopf. »Ist das nicht ein schlechtes Geschäft für uns?«

»Wieso? Wir haben für das Ding nichts gezahlt, also müssen wir auch nichts daran verdienen. Hauptsache, es kommt weg.«

»Stimmt auch wieder.« Er griff zum Hörer und rief den Gebrauchtwagenhändler an, während ich den Inhalt des Umschlags auf den Schreibtisch legte. Das waren ein kleiner Umschlag und ein ganzer Stapel Blätter, der mit einem Band zusammengehalten wurde. *Wunder der Zeit* las ich. *Ein Roman von Edward Eisenberg.* Ein Manuskript. Ich blätterte ein bisschen darin herum und las dann die ersten Zeilen. *Vivian erschrak. Das hatte sie nicht erwartet. Die Geschäftszahlen des Betriebes waren sehr viel schlechter als sie gedacht hatte. Mit Tränen in den Augen sah sie auf, ihr Blick begegnete dem von Mark Bergmann. Dem Mann, von dem sie geglaubt hatte, dass sie ihn liebte, aber zugleich auch der Mann, der den Betrieb erst in diese Schieflage gebracht hatte.*

»Alles klaro, Herr Meier schickt Oswald und Theo mit dem Schlepper.«

Ich sah auf.

»Alles klar bei Ihnen?« fragte Jonas.

»Ich weiß nicht. Sagt dir der Name Edward Eisenberg etwas?«

Er hob die schmalen Schultern. »Nie gehört. Wer soll das sein?«

»Der hat dieses Manuskript geschrieben.« Ich wedelte mit den Blättern und reichte sie ihm. Dann griff ich nach dem kleinen Umschlag. Er war unbeschriftet und zugeklebt. Also ein Fall für den Brieföffner. Den ich immer noch nicht wiedergefunden hatte. Also kleiner Finger. Ich zog ein Blatt Papier heraus. *Mein lieber Michael, es ist nicht viel, was ich Dir hinterlassen kann. Du kannst es lesen oder auch nicht. Aber vielleicht interessiert Dich die Geschichte Deiner Familie. Ich weiß, dass Du Dir als einziger in der Familie etwas aus schönen Dingen machst, sie müssen nicht immer nur einen materiellen Wert haben. Immerhin schmiedest Du mit Deinen Händen die filigransten Dinge. Du warst immer mein Lieblingsneffe. Behalte mich in guter Erinnerung. Dein Onkel Edward.*

Ich wischte mir eine Träne aus dem Augenwinkel. Als ich aufsah, entdeckte ich Jonas, der im Altpapier herumwühlte.

»He, das werfen wir nicht weg!« rief ich.

»Keine Sorge. Moment.« Jonas tauchte aus dem Papierwust auf. »Wollen wir doch mal sehen.« Er hielt einige Exemplare des Stadtanzeigers in der Hand, die wir nacheinander durchsahen. Auf Seite fünf waren immer die Todesanzeigen abgedruckt. In der Ausgabe, die eine Woche alt war, wurden wir fündig. *Unser lieber Onkel Edward ist von uns gegangen.* Darunter standen eine ganze Menge Namen, aber ein Michael war nicht darunter. Dafür eine Vivian. »Vivian und Mark Bergmann«, las ich.

»Was?« fragte Jonas verständnislos.

Merkwürdig. Dieses Manuskript schien eine Art Tatsachenroman zu sein. Ich rollte mit dem Stuhl vor den Schreibtisch und wollte ins Internet gehen, aber vermutlich ahnten sie schon, dass der zauberhafte Weihnachtsladen kein Ort mit Internetanschluss war. Es gab weder Computer noch Laptop. Es gab noch nicht einmal eine Schreibmaschine. Manchmal irritieren mich solche Sachen. Jonas sah mich mit einem merkwürdigen Blick an, den ich ihm nach meiner Performance mit dem Sprung aus dem Sessel nicht verübeln konnte. Ich versuchte mich zusammenzureißen.

»Gibt es hier so etwas wie ein Telefonbuch?«

»Logo.« Jonas öffnete die kleine Tür im Seitenfach, zog ein dickes Telefonbuch hervor und warf es mit so viel Schmackes auf den Schreibtisch, dass sich die Papiere darauf eines nach dem anderen in die Lüfte erhoben.

»Sorry«, sagte er zerknirscht.

»Macht nichts.« Ob die Papiere ungeordnet auf oder neben dem Schreibtisch lagen, war völlig egal. Ich schlug den Teil mit den Gewerbeanzeigen unter *Schm* auf, aber es gab nur einen Schmied mit dem Vornamen Hannes. Ich stützte meinen Kopf auf, um besser nachdenken zu können. In welchen Berufen wurde noch geschmiedet? Ein Schlosser schmiedete zum Beispiel Geländer oder Fenstergitter. Ich schlug *Schl* auf. *Michael Eisenberg, Schmiedemeister.*

»Bingo.«

Jonas sah mich immer noch so merkwürdig an.

»Wenn dieser Oswald zusammen mit Theo den Tresor abholt und wir das Manuskript bei Michael Eisenberg abgeliefert haben, ist die Episode Tresor abgeschlossen. Capito?«

Jonas schob die Unterlippe vor und nickte. Das bedeutete wohl, dass er mir zustimmte.

Anders als Sie vielleicht ahnte ich da noch nicht, dass die Dinge keineswegs so einfach lagen wie gedacht.

Ich hatte versprochen, am Nachmittag noch einmal bei Frau Silberling vorbeizusehen. Weil ich ziemlich spät dran war, legte ich einen ordentlichen Zacken zu und kam mit nur wenig Verspätung vor dem Landhaus an. Dort stand ein kleiner roter Flitzer, dessen Kennzeichen mein Herz schneller schlagen ließ. Hinter dem Stadtkürzel las ich die Buchstaben AL.

Zufrieden lächelnd stieg ich die Treppe zur Eingangstür hoch und betätigte den Türklopfer.

Heidrun Lehmann war völlig verwandelt. Die jüngsten Ereignisse hatten sie offenbar zu einem Friseurbesuch veranlasst. Ihr Haar war zu einem schicken Bob bis kurz über die Ohren geschnitten, und ein bisschen Farbe hatte das Grau weggezaubert. Heidrun oder der Friseur oder beide hatten noch ein bisschen Rouge herausgekramt und hinzugefügt. Zusammen mit der cremefarbenen Bluse und der Jeans sah sie echt gut aus, was ich ihr nach der Begrüßung auch sagte.

»Hallo.« Sie berührte vorsichtig ihre Frisur. »Danke.«

Ich hängte meinen Mantel auf und folgte ihr in den Salon. Dort saß ein Mann, am Esstisch, an den ich mich nur vage erinnerte.

»Das ist mein Mann Harald«, stellte Heidrun vor.

Ah, der Ehemann, diesmal ohne Fernseher.

Neben ihm saß der gut aussehende Dr. A. Liebermann, der sich gerade ein Stück Torte auftat. Und daneben saß mein Überraschungsgast. Professor Dr. Monika Zerwinsky. Sehr spät abends hatte sie mich noch angerufen und sich danach erkundigt, was sie wohl meiner Meinung nach am besten für ihre Tante tun könne.

»Schön, Sie alle zu sehen«, sagte ich und war kurz davor, ein Erinnerungsfoto zu schießen.

»Setzen Sie sich«, sagte Dr. A. Liebermann. »Der Platz an meiner Seite ist noch frei.«

Neben Harald ohne Fernseher war ebenfalls frei, und ich hätte mich mit Sicherheit auch zwischen Frau Silberling und die Professorin quetschen können, aber ich wollte nun einmal gern neben dem Doktor sitzen. Ich schnupperte ein bisschen. Außerdem roch sein After Shave lecker.

Ich wurde mit Kuchen und Kaffee sowie Familiengeschichten versorgt. Irgendwann lehnte ich mich zurück und betrachtete die Runde. Tante und Nichten schnatterten durcheinander, als hätte es nie eine Trennung gegeben. Sogar Harald warf hin und wieder eine Bemerkung ein. Das hier war super gelaufen. Nach einigen weiteren Geschichten aus der Kindheit der Nichten erhob ich mich.

»Es tut mir leid, aber ich habe noch etwas Dringendes zu erledigen. Ich hoffe, wir sehen uns sehr bald wieder.«

»Das hoffe ich auch, meine Liebe. Sie haben mir wirklich eine so große Freude bereitet, dass ich gar nicht weiß, wie ich mich bei Ihnen bedanken soll.«

»Das müssen Sie auch nicht, Frau Silberling. Ich freue mich einfach darüber, dass es Ihnen gut geht.«

Es entstand ein großes Tohuwabohu, als alle aufstanden, und sich durcheinanderredend bei jedem bedankten. Sogar die beiden Nichten sprachen wieder miteinander. Endlich war ich draußen, aber zu meiner Überraschung nicht allein. Neben mir stand Dr. A. Liebermann.

»Ich habe auch noch etwas Dringendes zu erledigen«, sagte er, als ich ihn fragend ansah. Dann legte er seine Hand in meinen Nacken und zog mich zu sich heran. Seine Lippen waren sehr warm, und plötzlich wurde mir auch ziemlich warm.

Das Tor zur Schlosserei Eisenberg war mit einem Vorhängeschloss versperrt und auf dem Grundstück sah ich keine Menschenseele. Ich hatte eine Menge Krach und unangenehme Geräusch erwartet, wie wenn beispielsweise Eisen zersägt wurde, aber es blieb vollkommen still. Ich ahnte, dass Michael Eisenberg hier nicht zu finden war. Ich zog die Todesanzeige von Edward Eisenberg aus der Tasche und faltete sie auseinander. *Von Beileidsbekundungen am Grab bitten wir abzusehen* stand dort. Und ganz unten war eine Traueranschrift abgedruckt. Die wollte ich als nächstes aufsuchen.

»Das ist eine ganz üble Erpressung«, rief eine aufgebrachte Männerstimme.

Ich hatte gerade die Klinke des Gartentores hinunterdrücken wollen und hielt jetzt inne.

»Das ist die Realität, mein Lieber. Du wirst dich damit abfinden müssen«, sagte ein anderer Mann.

»Es ist nicht erforderlich, meine Werkstatt zu verkaufen«, widersprach der erste Mann.

»Natürlich ist es das. Wenn wir nicht verkaufen, können wir die Schulden nicht bezahlen.«

Dass ich überhaupt so viel von dem Gespräch mitbekam, lag daran, dass eines der Fenster geöffnet war. Offenbar hatte jemand im Haus geraucht. Auf der Fensterbank glomm eine Zigarette im Aschenbecher.

»Edward hat immer gesagt, dass die Geschäfte gut laufen.«

»Edward hat auch gesagt, dass du Lea irgendwann heiraten wirst.«

»Du bist einfach nur ein dummes Arschloch.«

»Jungs, bitte streitet euch nicht«, rief eine Frauenstimme.

Das Fenster wurde zugeknallt. Ich hatte inzwischen den kurzen Gartenweg betreten und wollte an die Haustür klopfen, als diese aufgerissen wurde und ein junger Mann herauskam. Mit eiligen Schritten lief er an mir vorbei, verschwand durch das Gartentor und sprang in einen Porsche. Als ich mich umdrehte, kam ein weiterer junger Mann aus dem Haus, dessen Kräfte es ihm mühelos gestattet hätten, die Tür nicht erst umständlich zu öffnen, sondern sie niederzuwalzen. Er zog sich im Gehen eine Daunenjacke über und stieg in einen Lieferwagen mit der Aufschrift *Michael Eisenberg*. Ich war nicht überrascht, als schließlich eine gutaussehende junge Frau in der Tür erschien und den beiden Männern betrübt nachsah.

»Hallo« sagte ich. »Vivian, nehme ich an. Leider muss ich weg.«

Ich ließ sie verdutzt zurück, lief zu dem Lieferwagen, dessen Motor in diesem Moment gestartet wurde, und öffnete die Beifahrertür.

»Sind Sie Michael Eisenberg?«

»Bin ich. Ich hab's eilig, machen Sie die Tür zu.«

»Ich müsste Sie dringend sprechen.«

»Ich hab jetzt keine Zeit.« Er beugte sich über den Beifahrersitz und wollte die Tür schließen.

»Es ist aber wichtig«, widersprach ich.

»Meinetwegen, dann steigen Sie ein. Machen Sie schon.«

Ich hatte mich kaum gesetzt, als der Wagen mit einem Ruck anfuhr und ich in den Sitz gepresst wurde. Hastig fummelte ich den Sicherheitsgurt in den Verschluss. Keine Minute zu früh, denn wir schleuderten um eine Ecke, und Eisenberg hatte den Wagen erst wieder unter Kontrolle, als er bei dunkelorange in eine mehrspurige Hauptstraße abbog.

»Äh, wenn Sie hinter Mark her sind, müssen wir vorne rechts.«

Er warf mir einen kurzen Seitenblick zu, wechselte dann rücksichtslos die Spur, was ihm ein Hupkonzert seiner Hintermänner einbrachte. Als er an der nächsten Ampel, die nun wirklich rot zeigte, hielt, rutschte eine Menge Werkzeug in den Fußraum auf meiner Seite, gefolgt von einer vollen Bierdose.

»Woher kennen Sie Mark?« fragte er mich.

»Ich kenne ihn gar nicht.«

Er bedachte mich mit einem merkwürdigen Blick und gab Gas, sobald die Ampel einen Hauch grün zeigte. Das Werkzeug verkrümelte sich daraufhin wieder unter dem Beifahrersitz.

»Ich glaube gar nicht, dass Sie die Grundstücke verkaufen müssen, weil Ihr Onkel Schulden hinterlassen hat. Haben Sie sich mal seine Kontoauszüge zeigen lassen?«

Vielleicht kam diese Ansprache etwas überraschend, jedenfalls geriet das Fahrzeug ganz kurz außer Kontrolle.

»Ich habe eher den Verdacht, dass Mark schlecht gewirtschaftet oder etwas beiseite geschafft hat. Ich denke, dass er die Gelegenheit nutzen will, um mit dem Erbe Ihres Onkels Löcher zu stopfen.«

Michael Eisenberg bremste so abrupt, dass sich sämtliches Werkzeug wieder im Fußraum einfand. Zuletzt rollte die Bierdose heran.

»Wer sind Sie?« fragte er mit zusammengekniffenen Augen.

»Nele Hansen.« Ich reichte ihm die Hand. »Angenehm.«

»Michael Eisenberg.« Er schüttelte meine Hand. Immerhin hatte er gute Manieren. Die ließ er sich auch von einem ungebetenen Fahrgast nicht nehmen. »Und was wollen Sie?«

Ich war versucht zu sagen, dass das eine lange Geschichte sei, aber genau genommen stimmte das nicht. Im Gegenteil: Die Geschichte war recht kurz. Auf geheimnisvolle Weise war der Tresor mit dem Testament seines Onkels in meinen Laden geraten, und ich wollte es ihm überbringen.

»Äh, ich habe etwas für Sie.«

»Wo?«

»Nicht hier. Ich wusste nicht, ob ich Sie antreffe.« Ich kramte eine Visitenkarte des *Zauberhaften Weihnachtsladens* hervor und klemmte sie ans Armaturenbrett. »Vielleicht können wir uns morgen in Ruhe unterhalten.«

»Okay.« Er gab so viel Gas, dass sich das Werkzeug nebst Bierdose auf Nimmerwiedersehen ins Innere des Wagens verabschiedete.

»Äh, wenn wir hinter Mark her sind, sollten wir anhalten.«

Er stieg in die Eisen.

»Da steht sein Porsche.«

Eisenberg setzte den Wagen ein paar Meter zurück. Der Porsche stand sauber eingeparkt in einer Parklücke. Von dem Fahrer war nichts zu sehen. Ich glaubte nicht, dass Mark hier wohnte.

»Gehe ich recht in der Annahme, dass Lea hier wohnt?« fragte ich.

Er warf mir einen vielsagenden Blick zu, in dem ich Traurigkeit und Wut sah. Dann gab er wieder Gas. »Soll ich Sie irgendwo absetzen?«

»Vielleicht beim Haus Ihres Onkels. Mein Wagen steht noch dort.«

Eisenberg setzte mich ab und versprach, am nächsten Tag in den Laden zu kommen. Das fand ich ziemlich entgegenkommend. Ich weiß nicht, ob ich einer gehcimnisvollen Unbekannten freiwillig einen Besuch abstatten würde.

★

Am nächsten Vormittag um kurz vor elf zwickte mir erneut ein Mitarbeiter des Empfangs einen Besucherausweis an den Kragen, und auch sonst lief alles genauso ab wie bei meinem ersten Besuch im Kanzleigebäude. Mit dem Unterschied, dass diesmal in der Sitzgruppe der Kanzlei Dr. Schröder und Partner keine Kekse gereicht wurden. Vielleicht mussten sie sparen. Als die junge Frau mich im Büro von Dr. Wilfried Schröder ablieferte, sah der Senior auf, erhob er sich hinter seinem Schreibtisch, knöpfte sein Jackett zu und begrüßte mich freundlich.

»Ich habe schon im Kalender gesehen, dass Sie einen Termin haben. Wollen Sie dem Gedanken mit dem Franchise doch näher treten?«

Ich behielt mein Lächeln bei, obwohl mir die Schröders eine Spur zu geschäftstüchtig waren. »Nein danke«, erwiderte ich. »Es geht um Ihre Tochter.«

Er machte ein zerknirschtes Gesicht. »Also, da hat sich noch nicht viel getan. Der Haussegen bei den beiden hängt noch ziemlich schief.«

Ich hoffte, dass er mir das nicht anlasten wollte. Schließlich lag die Schuld bei ihm. Aber das wusste er jetzt noch nicht. »Können wir uns vielleicht setzen?«

»Selbstverständlich. Entschuldigen Sie. Ich war unaufmerksam.«

»Kein Problem«, sagte ich, ehe ich bis zu den Ohren in einem mit handschuhweichem Leder bespannten Sessel versank. »Herr Dr. Schröder«, begann ich. »Ihre Tochter mag zwar sehr ehrgeizig in ihrem Beruf sein, aber der Ehrgeiz hat seine Grenzen. Ihre privaten Ziele sind nicht mit den beruflichen vereinbar. Und ich muss Ihnen sagen, dass Sie bei der Sache auch eine Rolle spielen.«

Möglicherweise gucken Sie jetzt genauso wie Dr. Schröder mich ansah. Deshalb fasste ich den Sachverhalt noch einmal in einem verständlicheren Satz zusammen.

»Ihre Tochter möchte eine große Familie gründen und Tag und Nacht für die Kinder da sein. Da kann Sie unmöglich die Kanzlei führen.«

Der Mund des älteren Herrn klappte auf, und es dauerte eine ganze Weile, bis der Zunge Worte folgten. Dass auch er hin und wieder an dem Phänomen „lange Leitung" litt, hatte ich ja schon bei unserer ersten Begegnung festgestellt.

»Aber die Leitung der Kanzlei war doch immer ihr größter Wunsch.«

Ich fragte mich, warum er sich nicht an die Stirn schlug und *Ach so!* sagte. Oder *Wieso sagt sie das nicht gleich?* Oder *Hätte ich mir ja auch denken können.* Hatte er aber nicht. Dass seine ehrgeizige gutaussehende kluge blonde Tochter jemals einen anderen Wunsch im Leben äußern würde, als in seine Fußstapfen zu treten, war ihm niemals in den Sinn gekommen. Ich nahm sogar an, dass sie ihm täglich versichert hatte, sich für ihr Leben gar nichts anderes vorstellen zu können. Aber dann war etwas geschehen. Jan Wegener war in ihr Leben getreten. Und hatte die Karten neu gemischt.

»Yepp«, sagte ich. »Das war vielleicht mal so, aber jetzt ist es anders. Sie fürchtet, Sie zu enttäuschen, obwohl ich ihr versichert habe, dass Ihnen und Ihrer Frau (hier legte ich eine kleine Pause ein, damit er Zeit zum Nachdenken hatte, die er ja nun mal reichlich brauchte) sehr viel mehr an einer stattlichen Anzahl von Enkelkindern gelegen ist als daran, dass der Laden hier auch künftig brummt.«

Erst jetzt klappte er den Mund wieder zu, und Sie sehen daran die Länge seiner Reaktionszeit.

»Und heutzutage gibt es diese modernen Einrichtungen wie Homeoffice, Teilzeitarbeit, Jobsharing, WLAN, Satellitenübertragung …« An dieser Stelle musste ich mal kurz Luft holen. »Und Sie beide sprudeln doch vor Ideen nur so über. Ihnen wird sicher eine geeignete Lösung einfallen, die es Ihrer Tochter ermöglicht, Arbeit und Familie unter einen Hut zu bringen. Vielleicht könnten Sie bei der Gelegenheit gleich ein neues Geschäftsfeld aufmachen und andere Firmen in diesem Sinne beraten, um diesem aller Orten virulenten Problem Herr zu werden.« Man denke nur daran, mit welcher Ausdauer Vater und Tochter das Thema Franchise in meiner Gegenwart verfolgten.

Seine Augen leuchteten.

Jetzt war ich irgendwie raus.

»Enkel?« flüsterte er.

»Äh, ja, Babys. Diese niedlichen kleinen Vertreter der nächsten Generation.«

Er legte die Hände vor der Brust gegeneinander. »Katharina hat immer gesagt, dass sie nie, nie, niemals Kinder haben wird. Ihr Beruf ging ihr über alles.«

»Dann sollten Sie Ihrem künftigen Schwiegersohn einen Familienverdienstorden verleihen. Offenbar war er es, der die Wandlung bei Ihrer Tochter hervorgerufen hat.«

»Wie schön.«

»Ja«, sagte ich. »Schön.« Das Gespräch näherte sich offenbar seinem natürlichen Ende, und ich musste mich allmählich mit der Frage befassen, wie ich jemals wieder aus diesem Möbel herauskommen und auf eigenen Beinen stehen sollte. »Für Sie ist es also kein Problem, die Leitung der Kanzlei jemand anderem zu übertragen?«

Er machte eine wegwerfende Handbewegung. »Ah, iwo. Da gibt es schon ein paar geeignete Kandidaten.«

Das sind so Augenblicke, in denen ich innerlich ein wenig ungehalten werde. Ein angeblich riesengroßes zwischenmenschliches Problem verpufft so schnell, dass man sich fragt, worüber man eigentlich die letzten Tage und Nächte gegrübelt hat.

»Gut. Dann können Sie das ja Ihrer Tochter schon mal sagen, damit sie sich nicht länger unnötig quält.«

»Das mach ich!« Der alte Herr war sehr viel schneller auf den Beinen, als ich es jemals sein würde, aber mein Problem löste sich ebenfalls im Nullkommanichts in Luft auf, weil er meine Hand packte, mich in die Höhe zog und so fest an seine Brust drückte, dass ich keine Luft mehr bekam.

»Vielen, vielen Dank, meine Liebe. Das war wunderbar.« Er hielt meine Hände mit seinen fest. »Sie suchen nicht zufällig einen Job?«

Ich schüttelte den Kopf. »Ich bin völlig ausgelastet mit meinem Geschäft.«

Er nickte. »Dachte ich mir, aber ich hätte Sie gern für die Lösung unserer XXL-Probleme eingestellt.«

»Danke.«

Dr. Schröder legte mir den Arm um die Schulter und geleitete mich zum Lift. »Selbstverständlich sind Sie herzlich zur Verlobung eingeladen. Dank Ihrer Mithilfe wird es dazu überhaupt erst kommen. Wir sehen uns also am zweiten Weihnachtstag. Eine schriftliche Einladung folgt.«

Er drückte auf den Knopf, um den Lift zu holen und verabschiedete sich dann eilig, um seine Tochter aufzusuchen.

✶

Bevor ich in den zauberhaften Weihnachtsladen zurückkehrte, holte ich mir bei Susi Blohm eine Tüte voll nahrhafter Kalorien. Das Ding mit der Familie Schröder hatte ich gut nach Hause gebracht. Noch beim Rausgehen aus der Kanzlei erklang ein freudiges Quieken, das ich Dr. Katharina Schröder zurechnete, wenngleich nicht zugetraut hätte. Vermutlich als Reaktion auf die freudige Nachricht ihres Vaters war sie offenbar mehr als sonst aus sich herausgekommen. Ich jedenfalls war todmüde, nachdem ich bis fünf Uhr nachts im Manuskript von Edward Eisenberg gelesen und nur drei Stunden geschlafen hatte. Ich betrat den Laden deshalb mit einem Becher Kaffee aus der Bäckerei von Susi Blohm, denn selbst eine gepflegte Tasse Earl Grey hätte mich jetzt nicht nach vorn gebracht.

Im Ohrensessel saß heute ein junger Mann, dessen Bizeps- und Brustmuskulatur das Möbel zu sprengen drohte. Jonas hatte unseren Gast mit Tee und Keksen bewirtet, obwohl der so aussah, als hätte er lieber etwas anderes getrunken. Man denke nur an die Dose Bier in seinem Auto.

»Hallo Herr Eisenberg. Schön Sie zu sehen«, begrüßte ich ihn, während ich den Schal von meinem Hals abwickelte.

»Hallo.«

»Herr Eisenberg möchte Sie gern sprechen«, sagte Jonas eifrig, während er mir aus dem Mantel half. Offenbar war ihm der wortkarge Eisenbieger nicht ganz geheuer.

»Ich hab nochmal über das nachgedacht, was Sie gestern gesagt haben«, sagte Michael Eisenberg.

Nun ist es so, dass ich gestern, also am Tag zuvor, sehr viel gesagt hatte. Ich hätte deshalb gern gewusst, worauf er sich bezog. Ich zog den Hocker heran und setzte mich. »Und was ist das?« fragte ich nach einem Schluck Kaffee.

»Dass Mark mich beschissen hat.«

Das waren vermutlich nicht exakt meine Worte, aber immerhin hatte er mir gestern auf der Höllenfahrt zugehört. Auch wenn er da noch einen besser aufgestellten Eindruck gemacht hatte. Möglicherweise waren inzwischen unschöne Dinge geschehen.

Ich hob fragend eine Augenbraue, woraufhin Eisenberg den Reißverschluss seiner Jacke herunter- und einen Haufen Papiere herauszog, die vor seiner Brust verstaut waren. Als er sie auf das kleine Tischchen warf, flackerte das Teelicht im Stövchen nervös.

»Sie haben gesagt, ich soll mir die Kontoauszüge zeigen lassen.« Er deutete auf die ungeordneten und zerknickten Papiere vor sich, was wohl bedeuten sollte, dass sich vor uns die Buchhaltung des Eisenbergschen Imperiums befand. Oder zumindest ein Teil davon.

»Ich versteh kein Wort davon«, nahm mir Michael Eisenberg die Worte aus dem Mund.

»Gibt es denn Anhaltspunkte dafür, dass Mark Sie betrügt?«

Er hob den Blick, mit dem er problemlos Löcher in drei Zentimeter dickes Eisen hätte brennen können. »Der Arsch hat sich an Lea rangemacht.«

Neben mir trat Jonas einen Schritt zurück.

»Äh, ich meinte eigentlich eher in geschäftlicher Hinsicht, aber das mit Lea ist natürlich auch keine Art.«

»Nein, ist es nicht. Er ist mit meiner Schwester verheiratet und macht sich an meine Freundin ran.«

Sehr viele Meins. Mark musste ein ziemlich unbedarfter Bursche sein, weil es sich um die Meins von Michael Eisenberg handelte, mit dem man sich nicht anlegen sollte. Jedenfalls dann nicht, wenn man nicht in Gestalt einer verschnörkelten Geländerstrebe enden wollte.

Ich verstand, dass der persönliche Aspekt dieser Angelegenheit Michael Eisenberg mehr interessierte als der geschäftliche, weshalb ich das Manuskript seines Onkels aus der Schreibtischschublade nahm, wo ich es am Morgen verstaut hatte.

»Haben Sie das schon mal gesehen?« fragte ich, als ich es ihm reichte.

Er warf einen kurzen Blick darauf und gab es mir dann zurück. »Nö.«

Ist Ihnen schon mal aufgefallen, dass Männer häufig nur geradeaus, aber nicht um die Ecke denken, wenn auch nur für ein sehr kurzes Stück. So ungefähr fünf Zentimeter?

»Ich hab's gelesen, es handelt sich um die Geschichte der Familie Eisenberg. Es beginnt mit Ihrem Großvater Wilhelm, der von seinem Bruder behumpst wurde, es aber gleichwohl geschafft hat, eine eigene Schmiede zu gründen. Dann folgt noch eine Menge anderer Klopper, die sich in Ihrer Familie abgespielt haben. Jedenfalls ist die Geschichte mordsspannend.«

Er sah mich an.

Jonas schnappte sich das Manuskript und sah sich nach einer passenden Sitzgelegenheit um. Vermutlich beabsichtigte er, es sich bis Neujahr mit der Lektüre gemütlich zu machen.

Dummerweise saß Eisenberg in seinem Sessel, und den bekam er da schlecht raus.

»Es war Ihr verstorbener Onkel, der die Familiengeschichte zu Papier gebracht hat«, erläuterte ich für den Fall, dass er das auf dem Deckblatt übersehen hatte.

Seiner Reaktion konnte ich entnehmen, dass Literatur nicht sein Steckenpferd war. »Moment«, sagte ich und ging zum Telefon.

Nachdem am anderen Ende der Leitung abgenommen wurde, ließ ich mich zu Herrn Dr. Schröder durchstellen.

»Meine liebe Frau Hansen, haben Sie es sich doch noch einmal überlegt mit dem Fr…«

Ich unterbrach ihn, weil ich das schreckliche F-Wort nicht mehr hören konnte.

»Herr Dr. Schröder, es tut mir leid, dass ich Sie schon wieder störe.«

»Sie stören mich überhaupt nicht. Kati und ich sitzen gerade an einem Konzept für die Vereinbarkeit von Familie und Beruf. Sie wird es sozusagen am eigenen Leibe erproben, und dann wollen wir es auch unseren Mandanten anbieten.«

»Schön. Mandanten ist ein gutes Stichwort«, sagte ich. »Hier bei mir sitzt ein junger Mann mit einem Haufen Geschäftsunterlagen, von denen aber keiner etwas versteht. Allerdings befürchtet er, dass er von einem Familienmitglied betrogen wird. Meinen Sie, Sie könnten da helfen?«

»Aber selbstverständlich. Er soll gleich herkommen. Ich klemme ihn noch irgendwo dazwischen.«

Ich hob den Daumen in Richtung Michael Eisenberg, der seinerseits Daumen und Zeigefinger aneinander rieb und dann mit der flachen Hand vor seiner Kehle durch die Luft fuhr.

»Äh, es dürfte allerdings nicht allzu viel kosten«, erklärte ich.

»Für Ihre Freunde kostet es überhaupt nichts, meine Liebe. Sie haben hier ein gut gefülltes Habenkonto. Das gilt auch für den Fall, dass Sie es sich doch noch mit dem Franchise überlegen.«

Jetzt hatte er es doch noch gesagt. Ich hob wieder den Daumen in Richtung Eisenberg, der daraufhin den Anflug eines Lächelns zeigte.

»Und dann hätte ich noch eine Frage.«

»Schießen Sie los, meine Liebe.«

»Gibt es unter Ihren Mandanten vielleicht auch Verlage?«

»Ja, wir zählen auch einige Verlagshäuser zu unseren Mandanten.«

»Prima. Er wird Ihnen ein Manuskript mitbringen. Der Roman einer Familie mit kriminellen Zügen. Echt spannend. Wenn man die Namen und die Branche verändert, kann man vielleicht ein Buch draus machen.«

»Klingt sehr interessant. Ich freue mich auf den jungen Mann.«

»Vielen Dank, Herr Dr. Schröder. Dann bis zur Verlobungsfeier.«

Ich legte den Hörer des Bakelittelefons auf. »Alles geritzt«, sagte ich.

Ich schrieb ihm die Adresse der Kanzlei Schröder auf, und er stopfte seine Kontoauszüge wieder in die Jacke. Das Manuskript mussten wir Jonas mehr oder weniger mit Gewalt entreißen, aber ich schlug vor, dass Eisenberg bei Dr. Schröder schon aus Sicherheitsgründen Kopien machen lassen sollte. Dann konnte Jonas weiterlesen.

Unerwartet verlegen stand Michael Eisenberg dann vor mir. »Danke«, sagte er. »Wie sind Sie eigentlich auf mich gekommen? Und woher wissen Sie so viel über meine Familie? Und woher haben Sie das Manuskript?«

Ich bin ein wahrheitsliebender Mensch, aber wenn vor Ihnen ein Riese so breit wie groß steht und von Berufs wegen Material verbiegt, das sich gewöhnlich mit aller Kraft dagegen wehrt, dann werden Sie nachdenklich und platzen nicht mit einer unglaubwürdigen Geschichte heraus, selbst wenn sie wahr ist.

Ich fasste seine Schulter und schob ihn Richtung Tür. »Das ist eine lange Geschichte, die erzähle ich Ihnen ein andermal.« Wenn Sie sediert sind oder sich im Tiefschlaf befinden, dachte ich.

An der Tür gab er mir einen freundschaftlichen Klaps auf den Oberarm, den vermutlich bis Neujahr ein Hämatom zieren würde. Dann zog er mich an seine Brust und klopfte mir auf den Rücken, als hätte ich einen Hühnerknochen verschluckt.

»Danke«, sagte er. »Sie sind echt in Ordnung.«

»Danke, Sie auch«, gab ich gepresst zurück und atmete tief durch, als er mich los ließ. »Schönen Gruß an die Schröders«, sagte ich.

»Richte ich aus.«

Mich wunderte, dass die Türglocke hinter ihm so zart läutete, als hätte ein Elf zu Tisch gerufen. Ich hatte damit gerechnet, dass sie bei Eisenbergs Abgang eine Ausnahme machen und Hells Bells von ACDC intonieren würde.

Jonas schmollte immer noch. »Es war gerade so spannend«, maulte er.

»Weiß ich. Er bringt dir bestimmt eine Kopie vorbei.«

Das schien ihn nicht zu trösten. Er verschränkte die Arme vor der Brust und guckte missmutig. Ich setzte mich wieder auf den Hocker und guckte auch. Allerdings nicht missmutig, sondern nachdenklich. Dies war wieder mal so ein Tag. Ich war nicht überrascht darüber, dass die Maus aus ihrem Mauseloch kam und sich schnuppernd umsah.

»Die Luft ist wieder rein«, beruhigte ich sie und brach ihr ein Stück von meinem Keks ab.

★

Am Abend fragte Jonas, ob es okay sei, wenn er jetzt ginge. Er sei mit Jenny verabredet. Sie wollten ins Kino gehen. Jenny? Hatte ich irgendetwas verpasst?

Ohne dass ich gefragt hätte, deutete Jonas mit dem Daumen über die Schulter. »Die Tochter von Susi Blohm«, erklärte er.

»Natürlich kannst du gehen. Und falls Susi Blohm dich fragt, ob du mit ihnen Heiligabend feiern willst, solltest du unbedingt zusagen.«

Jonas kratzte sich an der Nase.

»Sie hat dich schon gefragt, wie?«

»Ich hab gesagt, ich müsste noch drüber nachdenken. Sonst sind Sie doch morgen ganz allein.«

Gerührt strich ich ihm über den Oberarm. »Natürlich feierst du mit den Blohms. Ich kann einen ruhigen Abend ganz gut vertragen.« Am ersten Weihnachtsfeiertag waren wir bei Frau Silberling eingeladen. Heidrun Lehmann wollte Hirschbraten mit Preiselbeeren machen, und angeblich war das Tiramisu von Professor Monika Zerwinsky ein Gedicht. Und schließlich war auch Frau Merker eingeladen. Am zweiten Feiertag stand endlich die Verlobung von Dr. Katharina Schröder mit Jan Wegener an, zu der Jonas mich begleiten würde. Für dieses voraussichtlich sehr elegante Fest musste ich dringend noch einmal in den Tiefen meines Kleiderschrankes nach der geeigneten Kleidung suchen. »Außerdem«, sagte ich zu Jonas, »hast du mir unheimlich viel im Laden geholfen. Ich glaube nicht, dass ich das alles alleine so gut hingekriegt hätte. Du bist mir wirklich eine große Hilfe.«

Jonas bekam rote Ohren und stülpte sich schnell die Mütze über. »Dann bis übermorgen.«

»Bis übermorgen.« Ich sah ihm nach, wie er mit hochgezogenen Schultern durch den Schnee auf die andere Seite der Gasse stapfte. Ich empfand einen gewissen Stolz auf Jonas, der sich gut entwickelt hatte. Und es war tatsächlich so gemeint, dass ich ohne ihn nicht zurechtgekommen wäre. Vermutlich hätte ich noch nicht einmal kapiert, worum es eigentlich ging und bei der erstbesten Gelegenheit die Flucht ergriffen.

Ich schloss die Eingangstür ab und wollte eben das *Geschlossen*-Schild umdrehen, als Dr. A. Liebermann vor der

Glastür erschien. Wer konnte dem Blick aus diesen schokoladenbraunen Augen schon widerstehen? Ich schloss wieder auf, und er zwängte sich in den Laden.

»Ich brauche dringend noch ein Weihnachtsgeschenk«, sagte er, etwas außer Atem.

»Naja, eigentlich wollte ich gerade schließen.« Ich deutete in den Laden. »Sie können sich aber gern noch kurz umsehen.«

Er lächelte sein unwiderstehliches Lächeln und zog mich zu sich heran. »Ich glaube, ich habe schon gefunden, was ich suche«, sagte er, bevor er mich küsste.

Wir wurden von einem immer näherkommenden Martinshorn unterbrochen. Dr. A. Liebermann ließ mich los und fingerte sein Handy aus der Jackentasche, dem Verursacher des Krachs. Origineller Klingelton. »Mist!« sagte er. »Ein Notfall.«

»Hm«, machte ich. Ich fing gerade an, mich an die ärztliche Behandlung zu gewöhnen.

»Morgen habe ich frei. Ich könnte uns etwas Schönes kochen.«

Ich lächelte.

»Gut. Visite ist um sieben Uhr abends. Ich werde pünktlich da sein.« Er gab mir noch einen Kuss auf die Nasenspitze und verließ den Laden. Ich sah ihm nach, bis er die Gasse durchquert hatte und um die Ecke verschwunden war. Diesmal drehte ich das Schild um, nachdem ich abgeschlossen hatte, und ließ den Blick über den Laden schweifen. Es war so viel passiert, und ich brauchte dringend eine Pause, um meine Gedanken zu ordnen.

Ich ging in den hinteren Teil des Ladens. Diesmal zog ich das Buch, das sich wieder aus dem Regal herausgeschoben hatte, hervor. Irgendetwas stimmte doch nicht mit dem Druckwerk, wenn es, egal auf welchem Platz es stand, immer auffällig wurde. Der Titel lautete *Wunder geschehen*. Ich erinnerte mich dunkel an den Inhalt. Ein reicher Erbonkel machte sich auf die Suche nach seinem verschollenen Enkel, dem er sein Vermögen vererben wollte. Das Buch handelte von der Suche des Onkels nach seinem Enkel und den Erlebnissen und Begegnungen, die er auf dem Weg hatte. Ich hatte es als zu kitschig empfunden, weshalb es irgendwann auf dem Flohmarkt gelandet war. Meine Devise lautete, dass kein Buch es verdiente, im Altpapiercontainer zu landen. Es musste wenigstens die Chance erhalten, ein zweites Mal gelesen zu werden. Außerdem stempelte ich in jedes Buch meinen Namen und meine Anschrift hinein, weil ich die Angewohnheit hatte, angefangene Bücher überall herumliegen zu lassen. Im Bus, im Schwimmbad, in der Uni. Eines sogar in der Bank. Auf diese Weise fand jedes verlorene Buch den Weg zu mir zurück. Schließlich schrieb ich auf die Rückseite des letzten Blattes eine kleine Rezension für den Fall, dass ich ein Buch ein zweites Mal aus meinem Regal nahm. Ich klappte dieses geheimnisvolle Buch auf. Auf dem ersten Blatt war mein Namensstempel angebracht. Ungläubig sah ich ein zweites Mal hin, bevor ich hastig die letzte Seite aufblätterte. *Zu kitschig und unrealistisch* hatte ich geschrieben. *Das Buch kann sich nicht entscheiden, ob es ein Gesellschaftsroman oder ein modernes Märchen sein will.* Darunter stand in einer anderen Handschrift, die ich als die von Hermann Habenicht erkannte: *Sie irren. Halten Sie nicht gerade den Beweis für das Gegenteil in der Hand?* Mir zitterten die Knie, und ich musste mich auf den Schreibtischstuhl setzen. Das hier war mein Buch. Mein Buch, das ich auf einem Flohmarkt verkauft hatte, und das auf verschlungenen Wegen in die Hände von Hermann Habenicht gelangt war. Das war bisher die erste und einzige Verbindung zwischen dem alten Mann und mir. Aber dieses Buch reichte doch wohl nicht dazu aus, mich als seinen Erben einzusetzen. Ich klappte es zu und atmete schwer aus. Da fiel ein Umschlag heraus, der mit meinem Namen beschriftet war. Diesmal hatte ich nicht die Geduld, erst nach dem Brieföffner zu suchen und riss hastig den Umschlag auf. *Meine liebe Nele* las ich.

Wenn Sie diese Zeilen lesen, ist mein Herzenswunsch in Erfüllung gegangen und mein Plan aufgegangen. Ich kann Ihnen meine Freude darüber kaum beschreiben, denn in der heutigen Zeit ist es ausgesprochen schwer, einen geeigneten Nachfolger für die Art von Geschäft, die ich führe, zu finden. Dabei sind solche Geschäfte heutzutage wichtiger als jemals zuvor. In dieser schnelllebigen und eilig voranschreitenden Zeit, in der man um so vieles kämpfen muss – sogar um eine Ehe. Sie werden vielleicht bemerkt haben, dass die Dinge, mit denen sich ein Ladeninhaber gewöhnlich herumschlägt, ganz gut von selbst laufen. Das ist wichtig, damit Sie genug Zeit haben, um für die Menschen da zu sein. Ihre Sorgen und Nöte zu erkennen und eine Lösung zu finden. Jonas ist noch nicht so weit, aber Sie werden einen gelehrigen und aufmerksamen Helfer in ihm haben, der Sie unterstützt, wo es nur geht. Und wer weiß, vielleicht kann er eines Tages Ihr Nachfolger werden. Es sei denn, Sie haben Kinder, die gern in Ihre Fußstapfen treten wollen. Ich bin zuversichtlich, dass alles, was Sie tun werden, richtig und gut sein wird. Es wird den Menschen helfen, die in Ihrer Not zu Ihnen kommen. Alles, worum ich Sie bitte, ist, nicht aufzugeben. Glauben Sie an sich und an das, was Sie tun. Und wenn Sie auf Reisen sind, achten Sie mal darauf, ob Sie nicht auch dort einen solchen Ort wie den zauberhaften Weihnachtsladen *entdecken. Es gibt sie überall. Es kann ein Geschäft sein, ein Lokal oder ein Kiosk. Sie erkennen diese Orte immer daran, dass sie mehr glitzern und funkeln als alles um sie herum. Sei es, dass sie in völliger Dunkelheit stehen oder von flackernder Neonreklame umgeben sind. Und wenn Sie ganz still sind, hören Sie vielleicht den silbernen Klang, wenn ein Elf Harfe spielt.*

Ihr ergebener Hermann Habenicht

Ich klappte das Buch zu und drückte es an meine Brust. Ich war mir sicher, dass Dr. A. Liebermann Verständnis dafür haben würde, dass ich den zauberhaften Weihnachtsladen auch in Zukunft führte.